만화가.
『아버지와 아들』
『스위트 홈』
『슬픈나라 비통도시』
『위대한 캣츠비』(전 6권)
『로맨스 킬러』(전 2권)
『3m』(전 2권)
『바람개비소년 하루의 꿈』
『큐브릭』(전 3권)
『세브리깡』(전3권)
「발광하는 현대사」(다음 '만화속 세상' 연재)

연애괴물
대백과

연애괴물
대백과

강도하

아우름

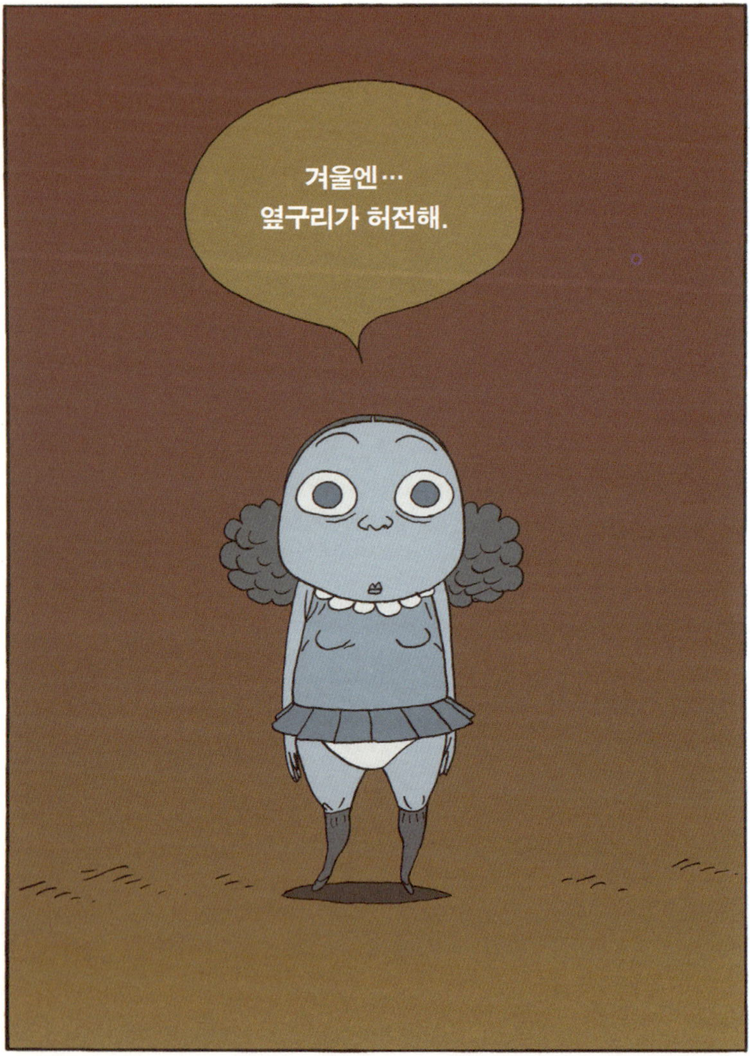
겨울엔…
옆구리가 허전해.

따뜻해…

PART

I

괴물들이 하는 것이다.

연애는,

001　　　연애는, 괴물들이 하는 것이다.

002　　　착각하게 둔다.
　　　　　현실을 현실대로만 보다간 죽고 만다.

003　　　연애는 사랑을 갉아먹는 운동.

004　　　어김없이 후반이 힘든 연애.

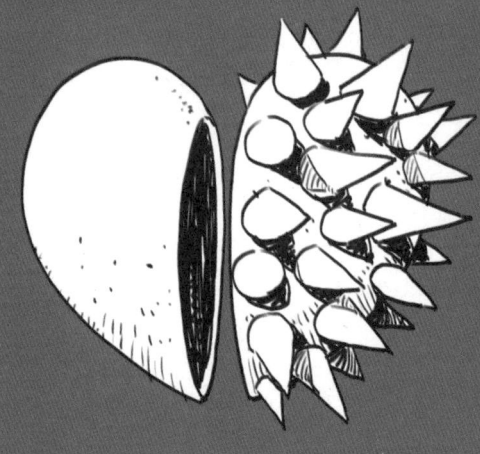

가질 수 없으니까 연애. 가진다면 필요 없지.

006 리얼이라 흥미 있는 로맨스물. 친구 연애.

007 연애의 끝은 소모. 간지 나는 이별이 없는 이유.

008 멍청한 놈. 기껏해야 좋아하면서… 사랑.

009 방심은 금물. 나와 똑같은 질량과 부피로
상대가 나를 느끼진 않아.

010 절대, 영원히, 너만을, 보단
현재로선… 이란 표현이 상대에게 신뢰.

19

011   뽀뽀라뇨… 혀를 넣었으니 키스.

012   꺾인 연애 징후. 키스중, 다시 역해지는 담배 냄새.

013   수컷에게 가장 달콤한 연애는,
여친에게 남친 생기기 전까지의 연애.

20

014   사랑이란 말을 아껴라. 지난 남자와 구분 안 돼.

015   팔짱을 풀기 시작한다. 걸으며 벌어지는 연인.

031 키스할 때 눈을 뜨는 남자, 뜬 눈을 확인하는 여자.
연애 중년.

032 묵은 연인… 익숙과 평온을 얻고 호기심을 날리다.

033 더블 연애의 유혹… 여유가 있단 얘기.

034 여친과 헤어진 후 석 달… 다시 찾아온 새벽 빨래.

035 편해서 좋다는 남친 말에 새로운 상대를 찾는 여.

036 헤어질 땐 분명했던 이유,
다시 보고플 땐 증발하는 이유.

037 바람피우는 게 싫은 이유 중 하나… 나누기 싫은 것.

038 특별한 이별?… 길거리 꽁초보다 흔한 일.

30

039 자신감이 가난을 넘지 못하면,
세상엔 평범한 사랑만 남아.

040 여자의 눈엔 눈물샘 대신 눈치샘이 있다.

사랑하니까
헤어지는 거… 알지?
사랑하니까.

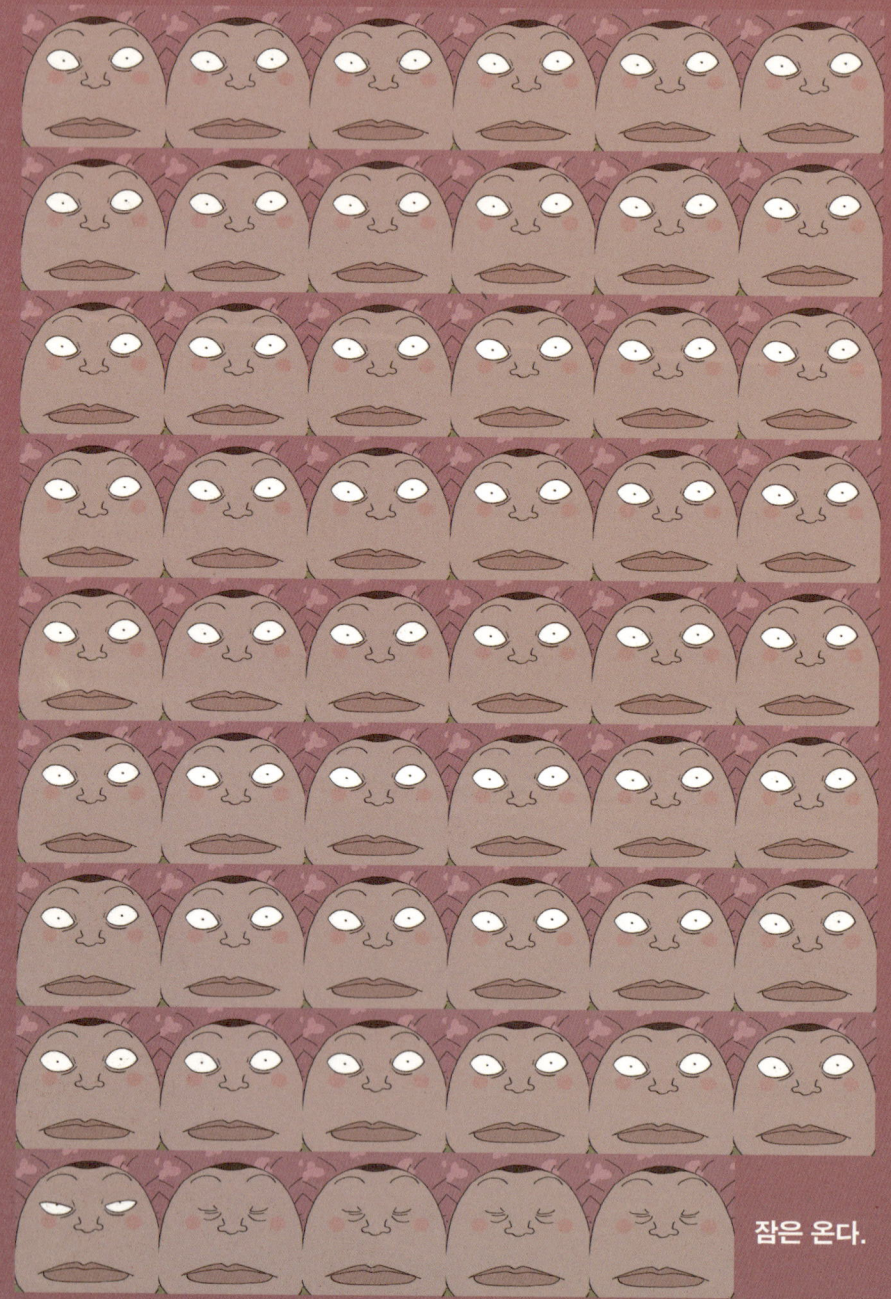

잠은 온다.

041   잠을 늘려 외로움을 줄인다.

042   헌 사랑을 정리하는 가장 빠른 방법은
새 사랑을 만드는 거.

043   사랑이라는 판단은 사랑만큼 빨라.
이별이라는 절차는 이별만큼 질겨.

044   내 사람이었던 여자, 내 추억의 집사람이 된다.

045   진행중인 연애… 소설되고,
지나버린 연애… 야설된다.

046
헤어진 연인만이 누리는 추억… 고약한 특권.

047
이것저것 따지고 두드려보다…
이건 아니다 싶을 때 있지?
그땐 이미 늦은 때야.
어차피 빠질 사랑은 빠지고 말거든.

048
헤어지고 나면, 헤어질 사이가 아님을 발견한다.

049
최악의 프러포즈…
팬티 입은 내 모습 평생 너에게만 허락할게.

050
있는 저주 없는 저주를 퍼붓고
서로의 추한 속내를 드러내는 이별의 과정…
박살 내고 부정하는 사랑… 남는 건 괴물.

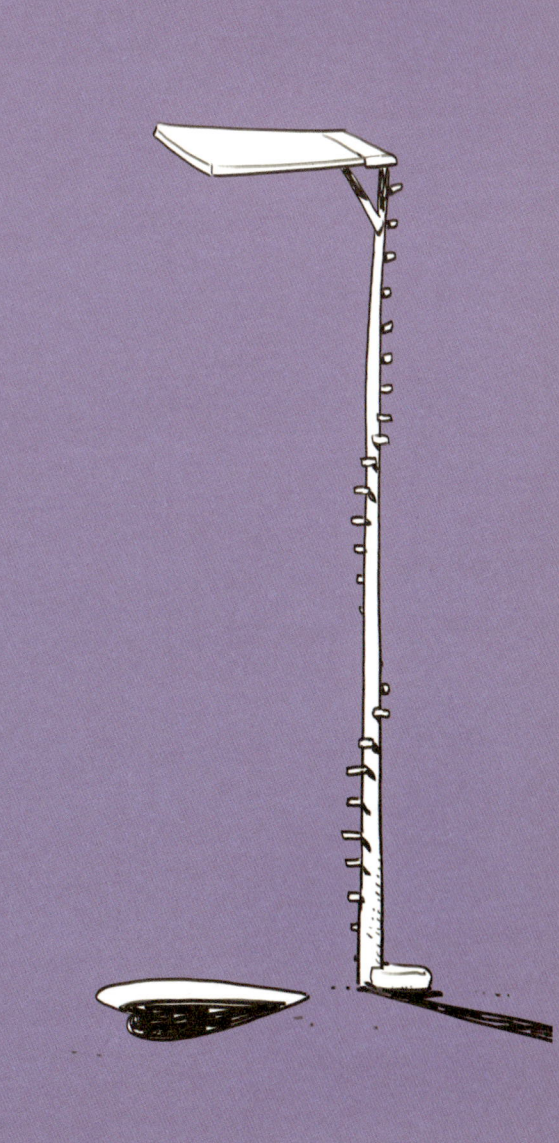

051
손해 본 거 없을 때 서로 쌤쌤,
손해 본 거 있을 때 서로 쌤통.

052
이별… 입술은커녕, 발톱의 때도 빨지 못하는 고통.

053
다시 만나자는 전화에 전 여친의 쌍욕!
확실히 포기하게 만든 쌍욕.

054
사귈 때 타이밍 못 맞춘 남자,
이별도 반 박자 늦어.

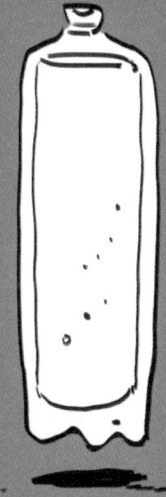

섹스하며 흘리는 땀 1리터보다
헤어지며 흘리는 눈물 한 방울이 진실.

056

내일은 내일의 태양이 뜰 거라 믿는 실연녀,
내일은 새로운 남자가 뜰 거라 믿는 전 남친.

057

소개팅에 늦은 여자에게 남자의 미친 개그.
"여자가 좀 걸리죠? 입는 거나. 벗는 거나."

058

손목시계 방수라며 자랑하는 남친,
방수라 날 좋아한다 믿는 여친.

059

안 생긴 건 참아도 안 웃긴 건 노땡큐라는 여자.
끄덕이며 불안해… 어젠 돈이라며.

060

새 여자가 생겼다며 전화하는 전 남친.
날… 엄마 취급하는 사이코.

061

이별 기념 포옹하자는 놈. 이별 기념 키스하자는 놈.

이별 기념 자자는 놈. 기념이란 단어를 모르는 놈.

062

다 줬다고…

더는 줄 것이 없는 연애를 했다고 믿는 당신,

어… 남은 게 많네?

063

없으면 미치다가… 이젠, 없어야 편안한…

너와 나.

064

사랑하는지 보여주고 싶어 안달하다…

사랑하는지 보고 싶어 안달하는… 연애필망의 시작.

065

손으로 입술로… 결국, '응응'으로 가지만…

이별은, 기막힌 역순.

066   '오직'에서 '너는'으로… '너는'에서 '그녀'로…
       훌쩍훌쩍 넘어가는 타인의 냄새.

067   남 얘기는 말하기 재미난 연애의 이치.

068   "우리 이것밖에 안 돼?"라며 우는 여친에게
       '우리'라는 말은 빼자며 돌아선 남자… 헛간지.

069   결혼을 전제로 만나기 시작하자 퀘퀘한 냄새가…
       퀘퀘함의 진원지는 손익계산.

42

070
||||||||

찬물,
더운물
가릴 때냐…

깨끗한 물이길
바랄
뿐.

당당

071 함께한 모든 게 추억이라는 남,
함께한 모든 게 악몽이라는 여.

072 나 아니면 죽겠다던 남자…
똘망똘망 아들, 깜찍깜찍 딸,
나와 전혀 닮지 않은 여인과… 퍼지게 잘 산다.

073 막판까지 후지다.
이별 날까지 후지게 입고 나온 놈.

074 화장 없는 외출은 생각할 수도 없다…고
말하는 여친. 아!… 이게 한 거.

075 좋은 여잘 만나라는 전 여친의 말.
위로인지… 저주인지… 응원인지… 나처럼 저주?

076
사랑이 있어 연애를 한다.
지금은… 연애를 하면 사랑이 생길까?

077
연애 동안 울화통이 몸 안에 혹을 만들었단다…
나는 사리.

078 기다리란다. 기다리면 돌아온단다… 지가 뭐길래.

079 내 마음엔… 네 사랑을 키울 성장판이 없어.

080 무릎 굽혀 내 눈을 응시하던 남자…
허리 꼿꼿 어딜 가는지.

081

남들이 하니까 그저 하는 거… 연애도 남들처럼.

082

자신을 믿으라는 오빠. 뽀뽀한다며 혀를 넣는다.

083

낮에만 영업하는 국밥이 24시 국밥보다
더 맛나다며 귀가 서두르는 너… 설득 제로.

084

식당에 오면, 수저와 젓가락을 세팅해주던 너…
네가 그리운 수백 가지 이유 중 하나.

085

냉장고 구석… 유통기한 지난 통조림.
언젠간… 여친 기억 속의 나.

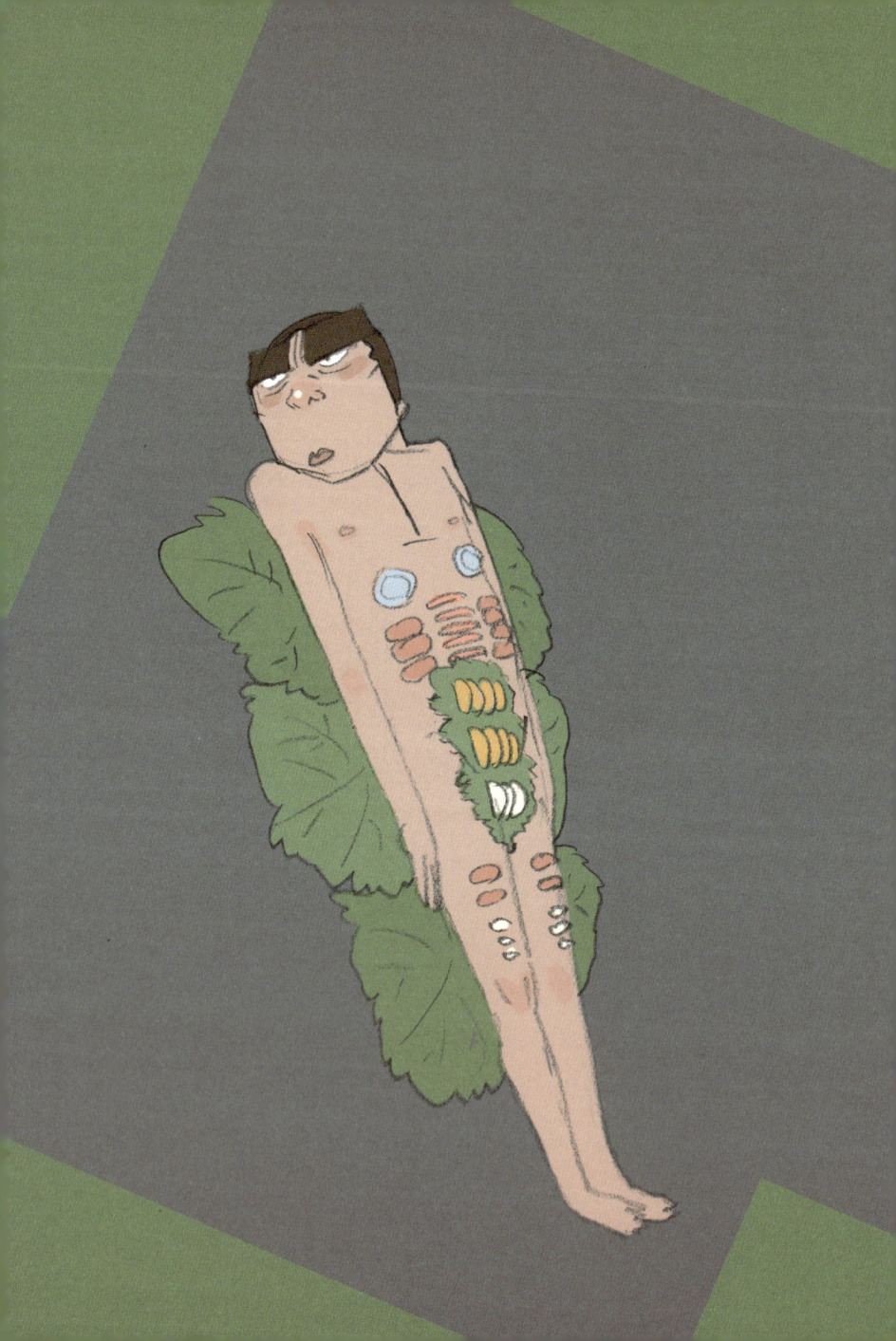

086　뷔페 접시 가득 음식을 담고
수시로 실어 나르는 남친… 불현듯 불안감!
이 남자… 나로 만족할까.

087　내가 차면 후회, 네가 차면 후련.

088　이별 후, 미안해서 전화했다는 남자.
아직도 헤어진 이유를 모른다.

089　자기 같은 남자 다신 만나지 말라며 운다…
홋… 걱정 마.

090　한 입 갖고 두말하는 고백… 사랑해.

091 나이도 신분도 극복하는 세상에 키가 문제냐는 남,
나이도 신분도 키도 문제라는 여.

092 마음에 깔린 양철지붕. 이별 비에 울리는 낭만.

093 전화에 자릴 뜨는 남친,
얼굴 붉어 돌아오면 여친 얼굴 붉어져.

....

....

....

....

남친에게 전화가 온다.

큰 일 이 야 …

키 스 중 인 데 .

술 먹으면 전 여친에게
전화 거는 버릇을 고치기 위해
오늘은 커피를 마시며 전화해본다…
커피를 끊으란다.

53

이별이 무서워

만나지 못할 인연 없듯,

입 냄새가 두려워

못할 키스 없다.

헤어지면 원점?… 훼손된 원점도 있다.

기대는 양쯔 강. 현실은 실개천… 소개팅.

가슴에 뻥! 소리가 난다… 대포 이별.

헤어질 이유만큼, 못 헤어질 이유도 많다.

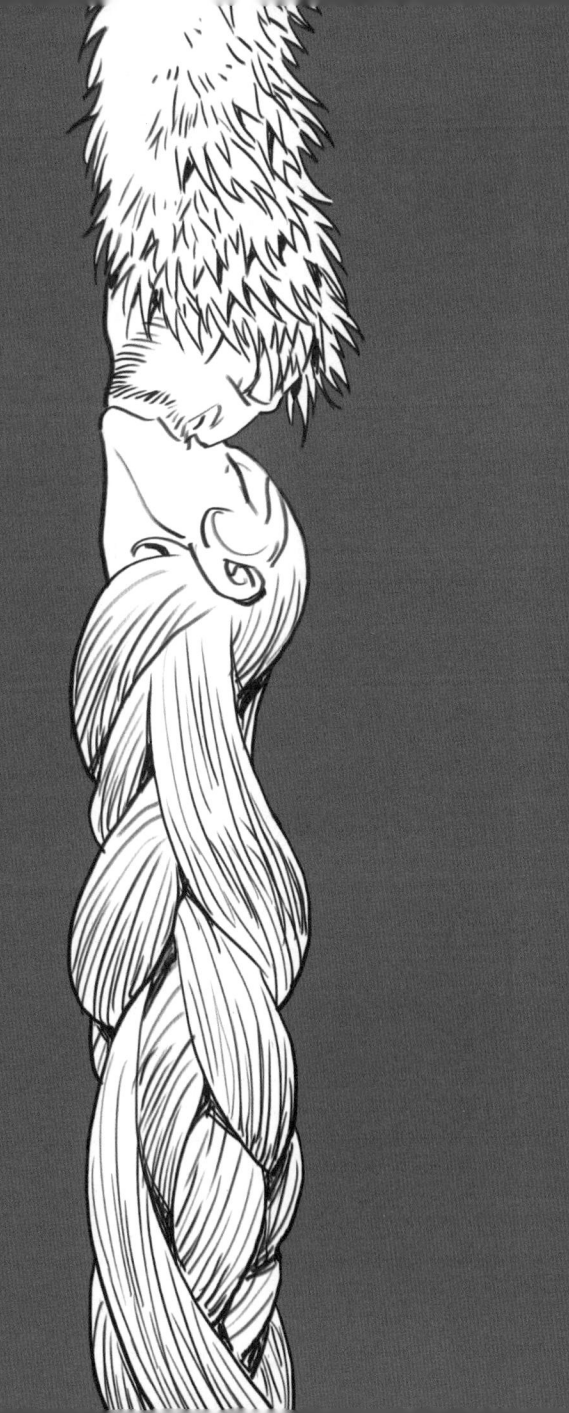

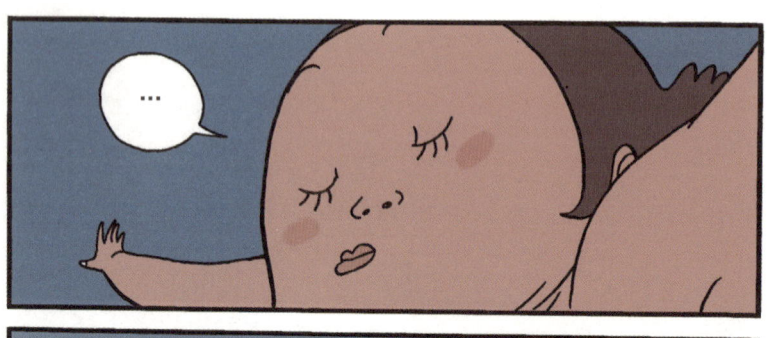

팅!

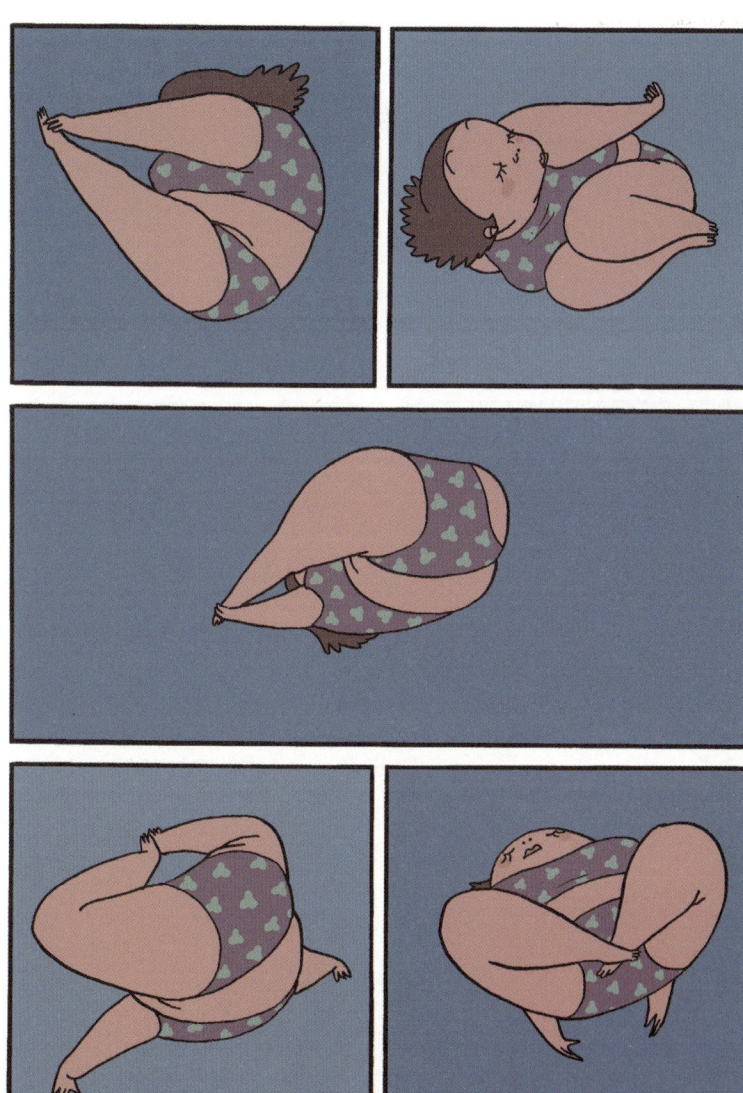

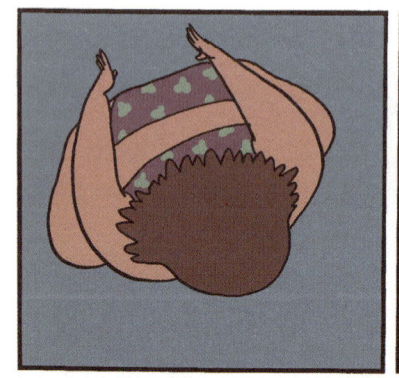

PART

II

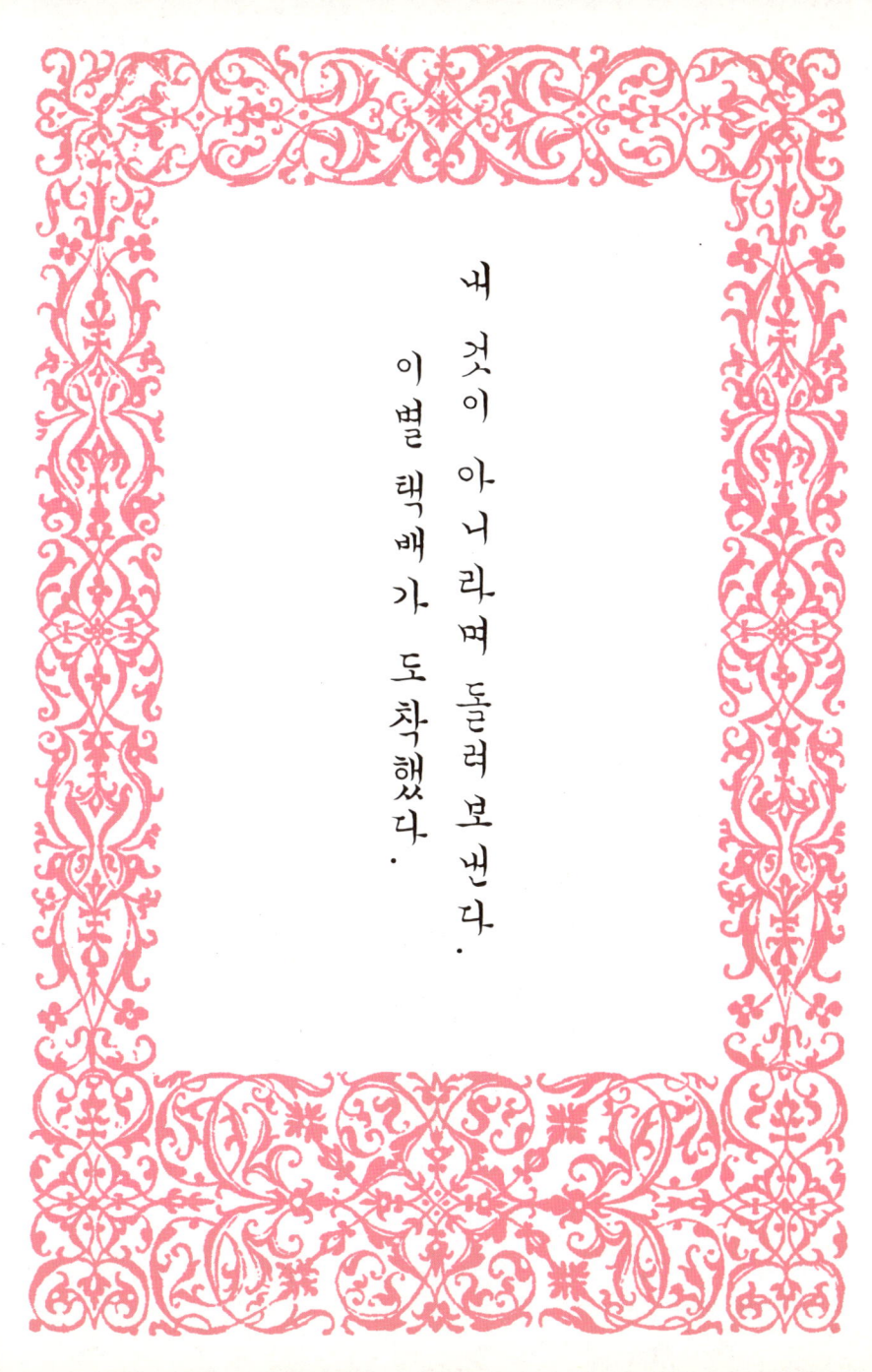

내 것이 아니라며 돌려 보낸다.

이별 택배가 도착했다.

101
넌, 스타일 안 사는 얼굴,
난, 얼굴 안 따지는 스타일.

102
의심이 오면 배신이 어깨를 친다.

103
고백이 늦으면 상대가 바뀐다.

104
몸에 붙은 외로움을 보이기 싫은데…
벗기려 한다.

105
이별 택배가 도착했다.
내 것이 아니라며 돌려보낸다.

106
사랑이 밥 먹여주진 않아.
사랑이 허기는 잊게 하지.

107
"비행기는 한쪽 날개로 못 날아!
나의 반쪽 날개가 되어줄래?"라는 프러포즈엔,
공중급유 필요.

108
어제는 이뻐 보였는데…
오늘은 푸근해 보인다. 연애는 힘들겠어.

109
연인 아님 친구?… 못 돼먹은 차선.

110
얼굴만 봤다… 싫어지니 얼굴부터 싫어.

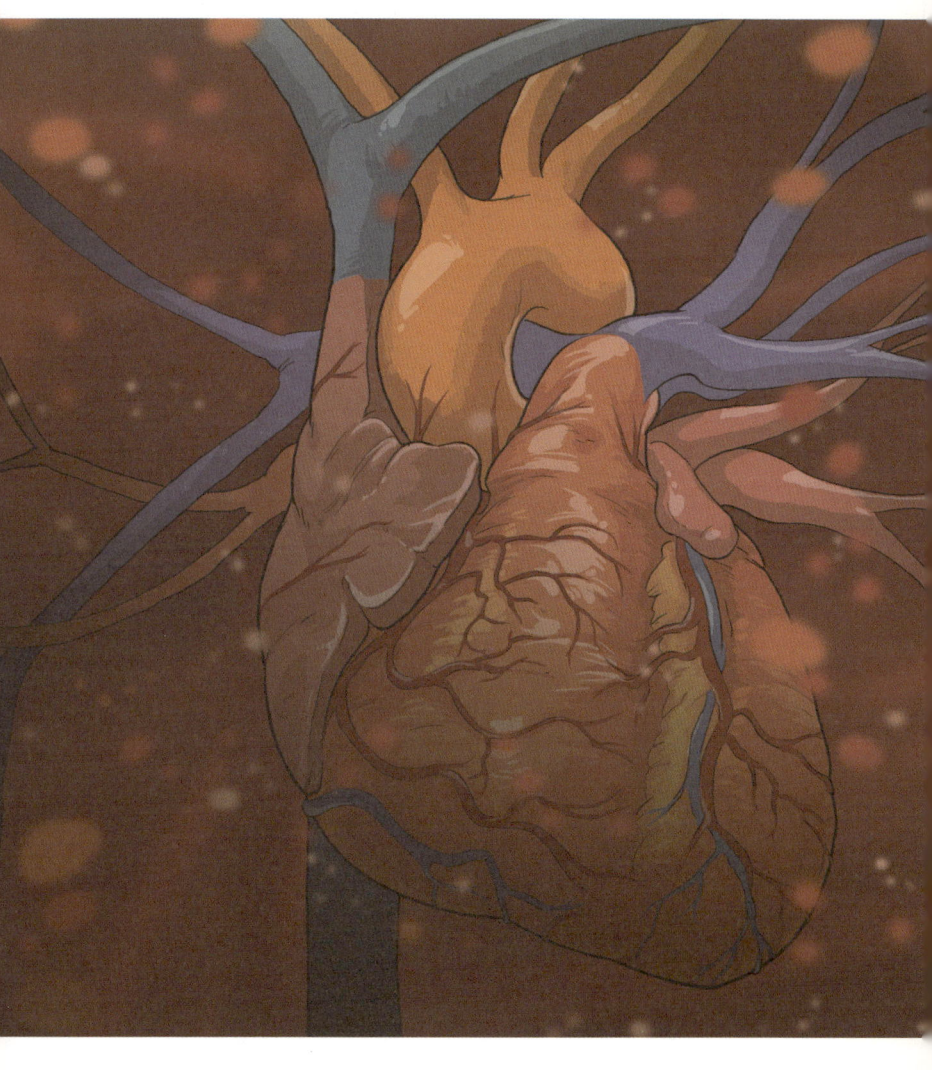

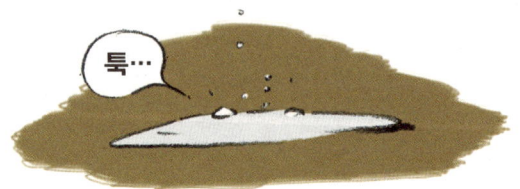

정액과 우유의 차이는 왕관 마크…

111   좋아하는 사람을 빼앗겨본 적 있는가…
시간을 얻은 것이다.

112   여친이 독립했다… 들리나? 돈 굳는 소리.

113   어깨 좁아 품에 안기 편하다 했다…
빠지기 편한 내 어깨.

114   첫눈이 오면 그녀와 만나기로 했지…
어제 눈 왔다.

115   한 번 잤더니… 두 번 자기 쉽네?

116 손을 잡으면 전해지는 맘,

손목 잡으면 벗어나고픈 맘.

117 모른 만큼 쉬운 연애… 아는 만큼 힘든 이별.

118 남자였다 소년이 돼버린 남친.

엉겁결에 어미 된 나.

119 내 뒷모습이 좋다던 너… 이별 오니 맘껏 본다.

120 내가 하면 로맨스… 남이 하면 볼거리.

69

사랑에 빠지면, 몸이 가벼워진다…

121   네 몸은 비누… 만질수록 작아져.

122   나 때문에 태어나진 않았지만
               나 때문에 죽을 수 있다는 너… 개오버.

123   아프지만 않다면… 네 먹이가 되고 싶다.

124   한 박자, 한 박자… 발을 맞춰 걷는다.
               같은 생각 하길 바라며.

125   상처만 없다면,
               다시 한번 연애를 해보고 싶다는 너… 구경만 해.

옷장을 열어본다. 유난히 왼팔이 늘어진 옷들.

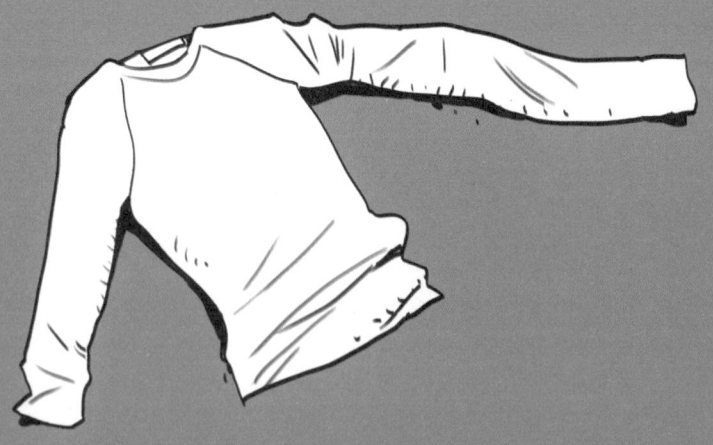

127 이마에 코에 뺨에… 그리고 뽀뽀를 멈춘다.
입은 생략하는 너. 꾼이군!

128 기습 키스 "나빠요!"를 연발하는 여…
미소 보니 '걸렸어!'로 들린다.

129 키스하며 목을 잡지 말란 여선배의 충고.
비틀까봐 집중이 안 돼…

130 보고 싶다 해서 만났더니 만지고만 있다.

131 급하게 헤어진 우리…
네 눈엔 다크서클. 내 맘엔 스키드마크.

132 남친의 옛 여자의 기억을 밀어내는 여자…
승리의 여자.

133 사랑 앞엔 똥배짱. 이별 앞엔 새가슴.

134 갑으로 시작한 사랑… 을이 되었다.

135 사랑은 art. 이별은 science.

136

지금 남자와 행복하다.
그 약속대로 옛 남자가 기뻐해줄까?

137

단 한 번도 솔직한 적 없는 놈이 헤어지잔다!
진실해 뵌다.

138

이쁜 거 믿고 까불던 너… 잘 산다.

139

다시는 만날 일 없는 이성 한 명 늘어났을 뿐…
이별은 별거 없다.

다시 솔로가 된 나… 갈 곳이 많아졌다.

141 잠든 청바지를 벗기는 마술은 없다.

142 선수도 상처를 준다. 못 느끼게 할 뿐.

145 내가 보여?

143　　　달라붙어 걷는 연인을 보며…
　　　　번거롭다 느낀다면, 따끈따끈 실연녀.

144　　　집 밖으로 나올 땐 포옹만 하리라 다짐했다.
　　　　하체의 배신.

너만 보여…

146 　　내 남자가 궁금해?… 키스만 해보자. 보름간.

147 　　호칭에 민감한 남자… 면죄부 생성중.

148 　　야외 키스는…
　　　　키스 다음이
　　　　문제.

80

149

나 없이 못 사는 남자는
존재하지 않는다.

150

귀가 뜨거워진 통화.
식은 맘 돌려놓지 못한 몸부림…

151   시간 날 때 보는 사이…

시간 내서 보는 사이가 되다.

152   과거를 묻지 마라… 현재가 놀란다.

153   냄새로 옷에 박힌 너… 미루는 세탁.

154   말이 통하고 몸이 퉁치는 사이.

155   맘이 통해 기쁜 여… 몸이 통해 졸린 남.

156 가졌는데 도망가고, 잊었는데 따라온다.

157 MSG 같은 놈…

158 길에서 옛 친구를 만나 안부를 묻다.
이젠 반가운…
날 버린 놈.

취소 버튼을 만든 사람… 고맙다.

한 번 더 바람피우면 끝이라 했다.
이… 건, 반 번이다.

잠시 떨어져 있잔 말이 곧, 이별을 뜻하진 않는다…
하지만, 이별은 해.

만날 수 없는 사람이 되어야

들려주고 싶은 말이 떠오른다.

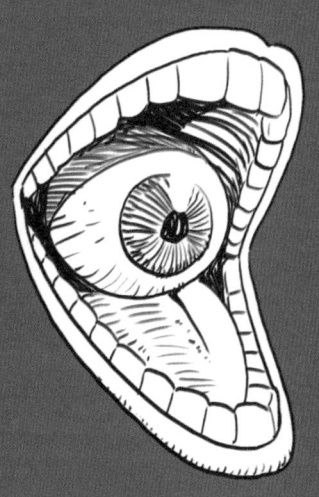

입에서 나오는 사랑을 믿지 마라.

사랑은 종종 눈에서 나온다.

그 자체가 꿈이다… 연애는.

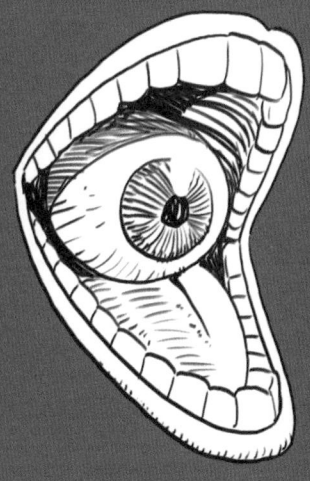

예술영화를 기대하지만

아침드라마가 돼버린,

너와 나.

166 내 사람보다 옆 사람이 더 끌리는가?
생지옥 시작.

167 다시는 보지 않을 맘이라면
사과할 틈 주지 말고 떠나라… 틈은 면죄부.

168 다른 이에게 한눈판 적 없다는 말은 무조건 믿어라.
진실은 중요하지 않다.

169 지혜로운 연애는 없다. 자애로운 연애는 있다.

170 사랑하는지 묻지 마라…
세상 가장 필요없는 질문이다.

171 기다리란 말, 쉽게 하지 마라… 기다린다.

172 안아달라면… 만지지 마라.

173 만남이 뜸하면 불안한가… 불안이 불안한 거다.

174 주변이 내 사람을 평가한다면 귀를 닫아라.
사랑을 지키는 방법.

175 눈물을 보이는 사랑은 이미 비극이다.

176 열정과 호기심은, 사랑을 만들고…
증발시키는 주범.

177 70년대 영화가 아니다. 몸에는 임자가 없다.

178 대가 없는 사랑… 집 밖에는 없다.

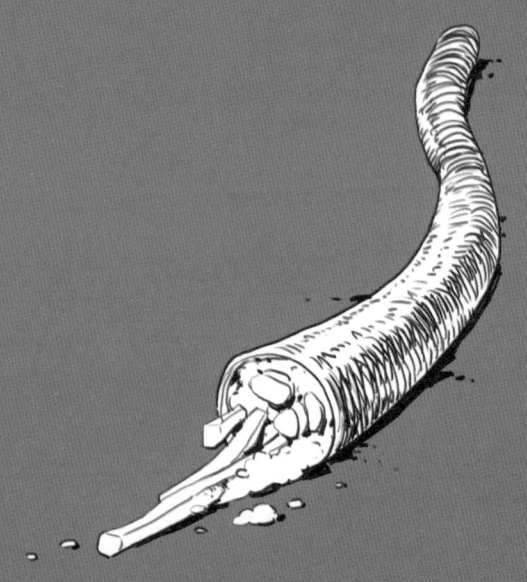

긴 만남은, 양과 질 모두를 보장하진 않는다.

내 사람이 남처럼 보일 때가 있다.
남이라서 그런다.

181 떨림이 진정되면 상대의 모공이 보여…

182 특별한 사랑은 특별한 이별만큼 흔해.

183 내 실수는, 좋아한단 말에 사랑해버린 거다.

184 왜 헤어질 수밖에 없는지를 설명 마라.
이별에 똥칠하는 잔인한 친절일 뿐.

185 작은 물고기?… 뜯긴 후에 알았지. 피라니아인 줄.

95

186   벼르던 증오의 대상은,
증오가 말라 담담해진 틈에 나타나…

187   상상에만 존재하던 이상형…
무릎 꿇은 현실에 떠도는 안주감.

188   내 맘을 단속하던 열쇠를 건넸다.
구멍을 못 찾는 너.

189   상상으로 안 되는 것이 없다는 너.
그래서 안 되는 거야.

190   날 버린 남친과 정반대의 남자와 사귄다.
이 사람, 내가 버리고 싶다.

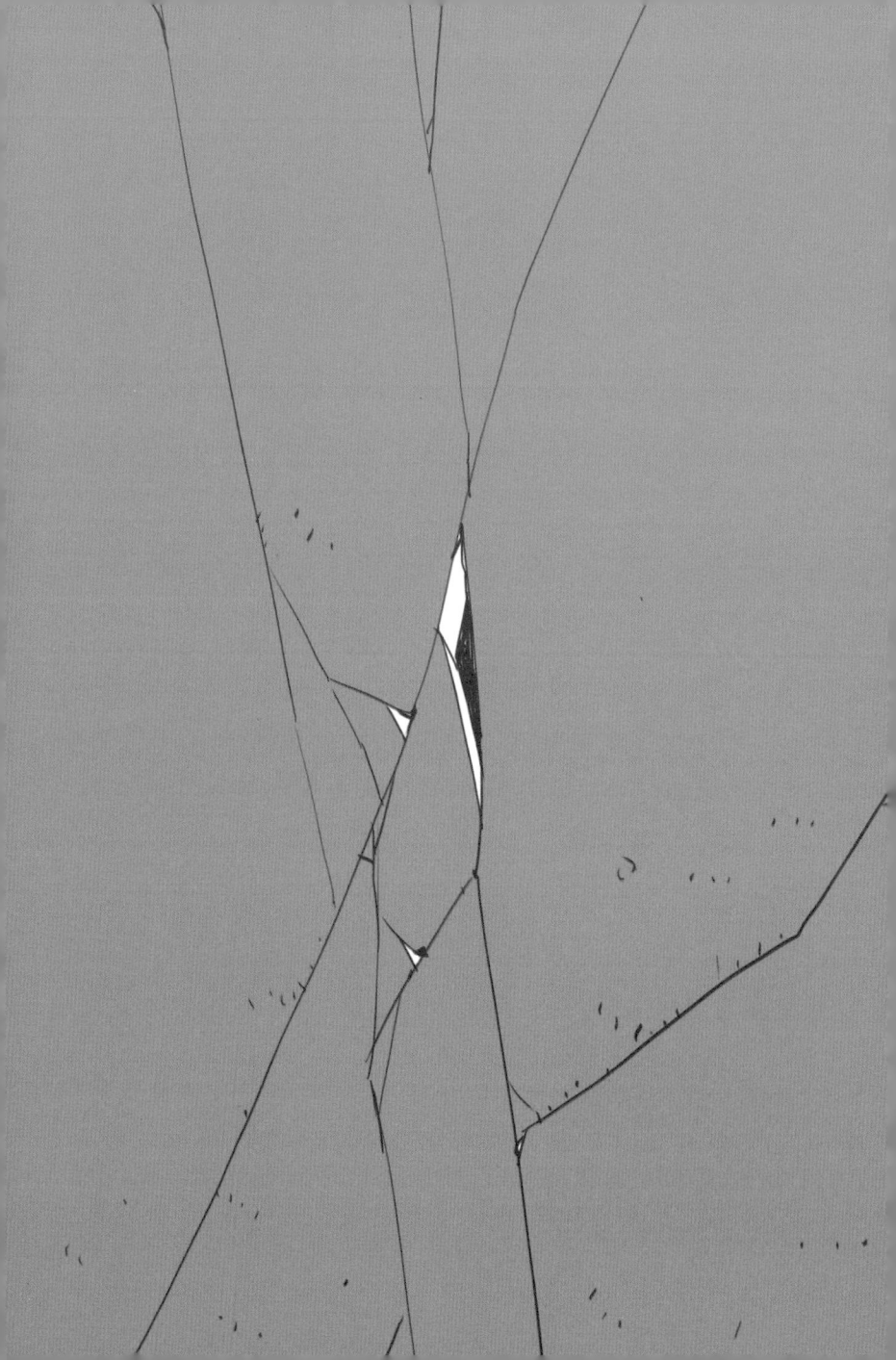

191 눈을 떠 옆에 잠든 너를 본다. 왜… 너냐.

192 미래가 없는 만남을 오래한 사람은,
미래가 분명한 만남을 서두른다.

193 보고만 있어도 배부르다며… 만지는 너.

잔소리가 많아지는 여.
큰소리가 심해지는 남.
다가온 결혼.

여친의 친구가 탐나면
여친이 친구로 보여.

196
몸을 원하면서 맘을 원한다고 하지 마.
맘이 길을 잃어…

197
희생을 바라지 않는다. 이미 사랑은 희생이다.

198
부러우면 지는 거다? 부러움을 인정하마.

199
지난 사람의 흔적을 말끔히 지운다.
아차… 나도 없다.

200
연인이 될 줄 몰랐다는 남자의 말은… 거짓말.

...

제 사랑을
받아주세요.

넣으세요.

어서요.

PART III

연애는, 타고나길 개념이 없다.

201 솔로는 눈밭에 눕지 않는다.

202 첫눈, 첫사랑, 첫 경험… 모두, 기대만큼 별거 없어.

203 첫눈이라며 전화한다.
이 핑계 아니면 용기가 안 나.

204 눈을 눈으로 보듯… 사랑은 사랑으로 보여.

205 실연녀에게 내리는 눈은… 비다.

206   눈이 많아도 첫눈은 기억해. 첫사랑은 기억하듯⋯

207   눈이 오면 벅찬 이름이 지금⋯ 사랑.

208   화사하게 내리고 담날 질척대는 끝맛은,
          눈만이 아니다.

209   눈 내리는 소리가 없다는 거⋯ 솔로들은 안다.

210   밟지 않은 눈을 보며 망설이지 마라.
          녹기 전에 덤벼!

110

211 상대에게 무관심해본다.

어느새 그 자리에 자라는… 질투.

212 괴로움뿐인 연애상대는…

송곳니, 이상도 이하도 아니다.

213 키스에 방해된다며 담배를 끊으란다.

키스를 끊는다.

214 읽지 않은 메일이 쌓여간다.

아직도 이별을 이해 못 하는 탄식 릴레이.

215 여친이 사준 속옷을 입고

다른 여친을 만나지 못한다면… 순정남.

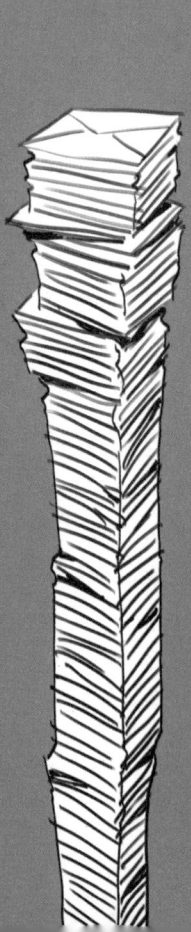

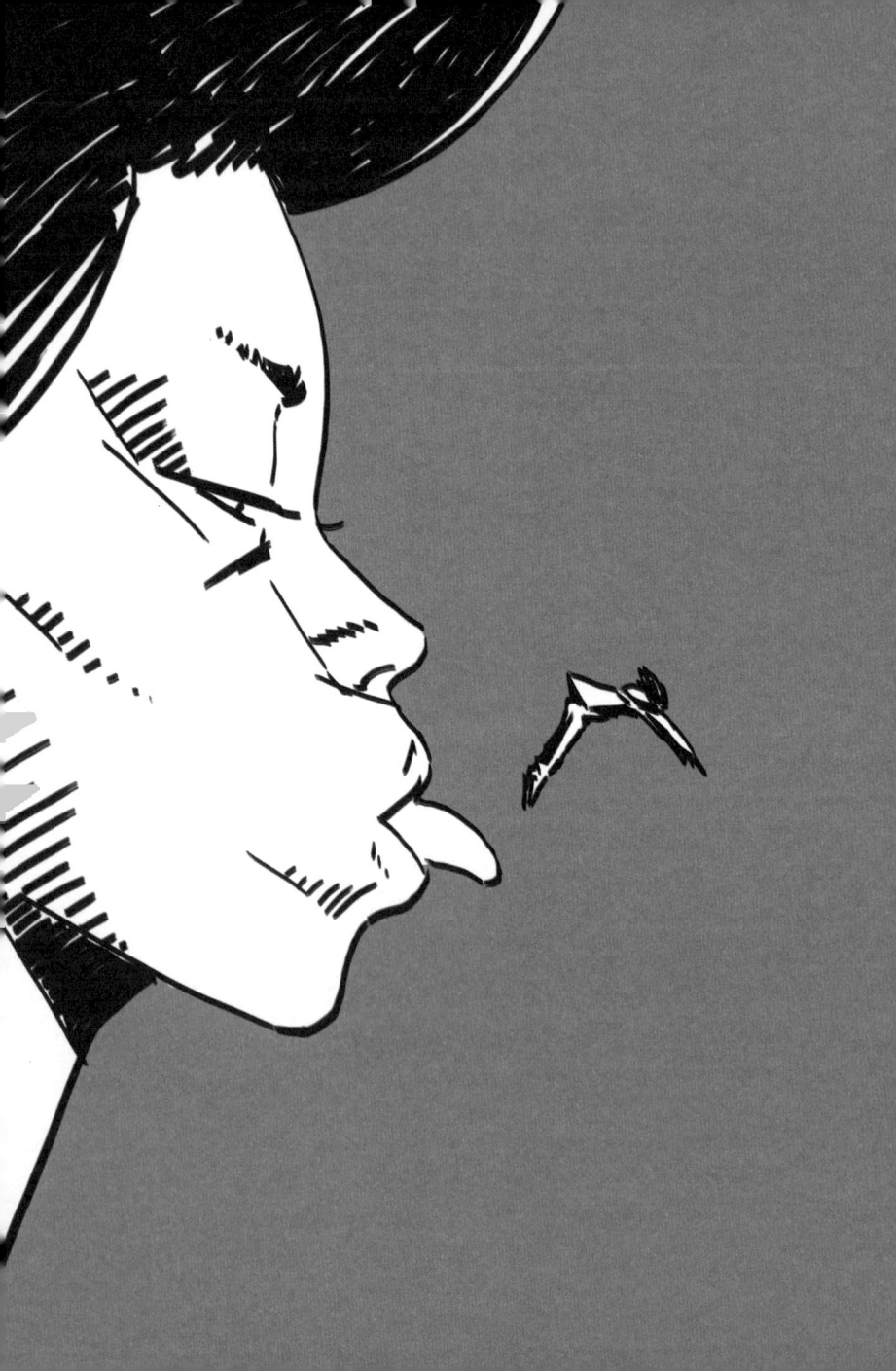

216
자길 버리란다…
미안타. 들어온 적 없어.

217
제때 불을 끄지 못하면
제맛을 즐기지 못하는 건, 라면뿐이 아니다.

218
이별을 해도 아프지 않다면,
좋은 연애가 아니다.

219
이상형은 항상 지금 상대에 맞춰라.
실수나 실언을 줄이는 방법.

220
돌아보면 있을 것 같은 사람이 있다면,
때 이른 이별이다.

221 키스도 자주 하면… 싱겁다.

222 손톱을 정리하는 건, 나를 위함이 아니다.

223 꺼리는 장소가 많다는 건,
꺼리는 과거가 많다는 것.

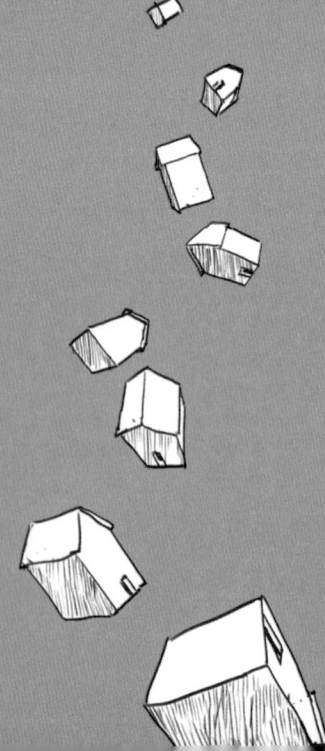

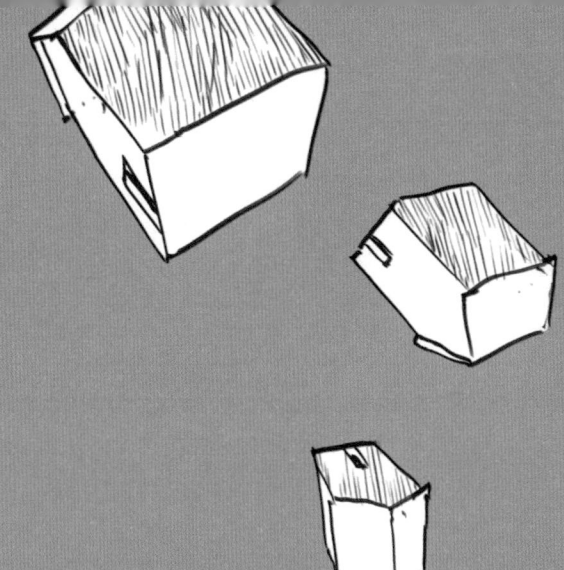

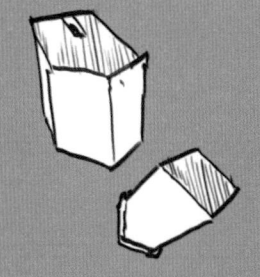

224 그립다고 투정하는 여친,
흐뭇한가… 위험한 거다.

225 상대의 몸매를 품평 마라.
네 입방정이 품평된다.

226

계산대에 붙어 있는 여친의 눈빛…

쿠폰을 못 꺼내는 나.

227

사랑을 새치기한 자에게 영원이란 표현은 없다.

228

초보를 대할 때 피곤하다면…

당신은 **선수.**

....

....

....

....

조심!…

정리할 수 있는 기회를 미루면 악연이 돼.

남친과의 잠자리는 소통의 소재,

여친과의 잠자리는 금기의 소재.

변치 않겠단 말… 약속이 아니다. 의지일 뿐.

232
소중하단 말로 바꿔라.
사랑이 효과를 잃어간다면.

233
첫눈엔 예고가 있다,
끝눈은 예측도 없다.

234
연애가 내게 빼앗는 것.
시간, 돈… 솔로 친구들.

235
친구의 상태가 궁금하면,
입에 달고 사는 가요를 체크하라.

236 커피숍, 식당, 산책, 쇼핑, 극장, 모텔…
시간이 흐르면 사라질 연애 아이템. 모텔은 남는다.

237 헤어질 때 웃는 여자를 조심하라…
지금도 울고 있다.

122

238 유난히 자주 떠오르는 상대가 있다면,
당신은… 받기만 한 거다.

239 사랑의 이력이 많은 이는,
조련의 이력 또한 많다.

240 친구에게 연인을 소개하지만,
친구는 연인을 심사한다.

짝사랑은, 제 발로 들어간 독방.

242
키스에 무감각해진 당신을 위한 DMZ…
연인 등에 키스.

243
연애는, 잘하는 놈만 잘한다.

244
조립식가구 설명서 따위 없다,
연애는 순서대로 완성되지 않는다.

125

245
최악의 상대와 헤어지면,
주변에 모여드는 또다른 최악들.

246
 유난히 호들갑 떨며 시작한 연인은,
 이별 순간… 칼을 든다.

247
 기념하길 좋아하는 너…
 이별 이벤트 걱정한다.

248
 브라만과 수드라가 연인되려면,
 그 어려운 확률만큼 잔혹한 신분이동이 필요해.

249
 즐겨 먹던 식당 음식 중 2인분만 허락되는 메뉴…
 그녀가 떠나고, 메뉴가 웃어.

250
 한창일 땐 감성 다큐,
 이별 후엔 페이크 다큐.

251 사랑!!
엉겁결에 튀어나온 재채기.

252 친구의 조언이 뜨거울수록…
연애는 수렁에 빠져.

253 남들만큼,
남들처럼만 욕심내는 연애는… 짝퉁.

254
|||||||

사랑은 사채…

얻을 때 숨통 트이지만, 그 책임이 목을 조인다.

255
|||||||

문자 메시지에서 사라진 하트…

생각보다 심각한 징후.

256 주변의 박살 난 커플 얘기를 자주 꺼내는 연인…
     그들이 부러운 거다.

257 지독한 조작 방송. 친구의 연애 중계.

258 한쪽만 사랑해도 시작되는 연애… 이게 문제!

259 나쁜 인간임을 인증하는 이별인사…
     "좋은 사람 만나라."

260 연애는, 타고나길 개념이 없다.

130

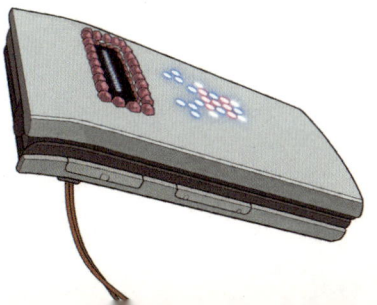

킬힐은 여자의 자존, 깔창은 남자의 자괴.

262 친구가 보증하는 이성을 만나보라.
왜 보증이 필요한지 알게 돼.

263 연애가 시작되면 풀리는 긴장…
살 떨리는 '간보기'가 사라졌기 때문.

133

264 여친을 위해, 가끔은 핑크도 입어야 한다.

265 싸움이 쌓이면… 싸움도 연애다.

대한민국의

모든

연애권력은,

커플로부터

나온다.

267 가슴이 크다고 집중 마라,
가슴이 작다고 외면 마라.

268 내 여친을 보면 안다는 친구…
보이자, 더 보잔다.

269 분에 넘치는 상대는 없다.
분이 작을 뿐.

270 여자… 내 남자가 되면 지갑을 연다.

271 짜장과 짬뽕을 고를 때만큼 신중하라…
배부르면 끝.

272 뜻 없이 나눈 잠자리. 뜻 만들지 마라.

273 고백도 습관이 되면 치석이 낀다.

274 원하던 사람이 아닌 이에게 고백을 받는다.
닭도 꿩으로 보인다.

275 연애 박사는… 학사, 석사를 거치지 않는다.

276
고백은 들릴 듯 말 듯,
이별은 대놓고 해야…
효과 만점.

277
이성 오빠가 많은 여친,
이성 동생이 많은 남친.
둘은… 깨져.

278
대화의 소재가 고갈되면,
몸의 대화로 이동.

279
아직도 손만 잡고 자겠단 남자 있음…
손만 잡지 않을 거란 여자가 있는 한.

혼자임을 소문 내라!… 그나마 생긴다.

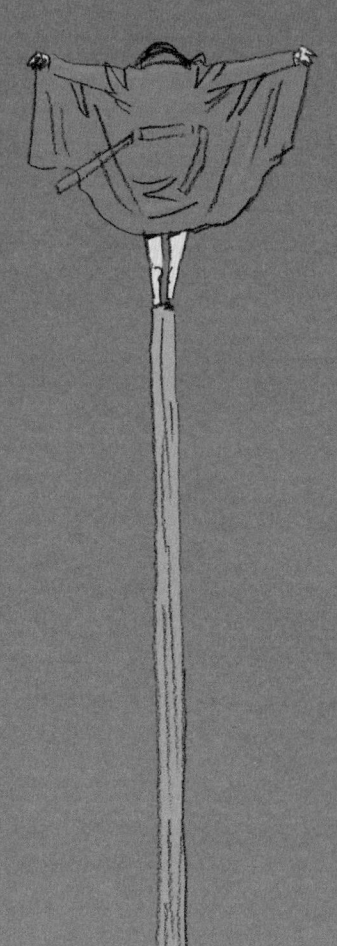

281

연애 민방위가 발령되면,

솔로들은 가까운 이불 속으로.

282

드라마는 판타지…

현실의 이별을 담는 데 소극적인 이유.

283

드라마 베드신은 무료. 영화 베드신은 유료.

284

솔로는 탈출 못 한다… 구원받을 뿐.

285

남친의 과거는 추억이라 쓰고… 경력이라 말한다.

286 여친의 과거는 경험이라 쓰고…
비밀이라 말한다.

287 외로운 자 곁에 있지 마라. 있는 자도 외롭다.

288 예비 연인을 수시로 비축하라.
연애 공백은 장기화될 수 있다.

143

289 한 해가 끝나면 솔로들에게도
변화가 일어난다… 한 살 먹어.

290 커플데이트에 솔로는 함부로 끼지 마라.
성악설을 본다.

291   사랑의 끝맛… 뚜껑 열린 사이다 맛.

292   내 여자의 생일을 기억하는 내 친구…
멀리해라.

293   만두를 닮아라.
떡을 만나 기꺼이 떡만두국이 됐다.

294   같이 있을 때 멍때리는 상대…
나를 현재로 인식 않는 것.

295   '그만 만나자'와 '잠시 만나지 말자'는, 동의어.

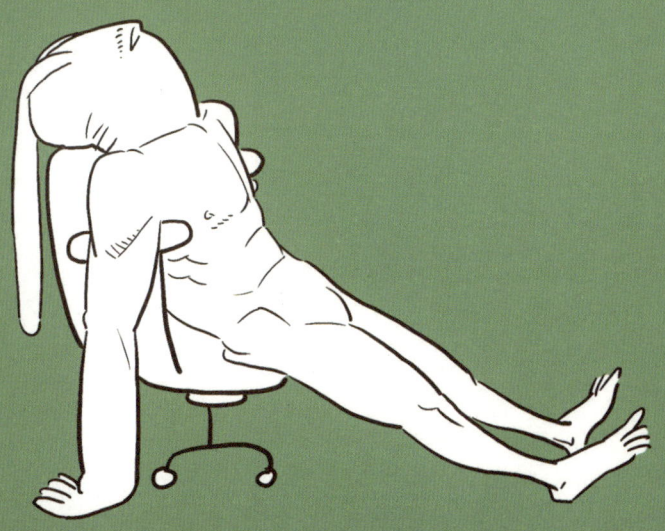

거울 속 내 얼굴은, 딱! 이만큼 착각하라 한다.

297 아직도 미운 사랑이 있다면,
영문 모르는 사랑을 위해 찢어라.

298 얼굴이 두껍단 얘긴, 뻔뻔하단 게 아니다…
못 알아듣는 증상일 뿐.

299 누군가에게 사랑을 양보했다면,
양보의 뜻을 착각한 거다.

300 같은 곳을 바라보기 위해 필요한 건…
마주 보기다.

각자가…

맹렬히 달리다…

잠시 멈추는 순간,

사랑이 달린다.

PART

IV

낮은 한숨과… 술을 주신다.

신은 술로들에게,

어떤 이의 연애는 술 때문이다!

302 고백전문가들에게 술은… 평생의 방패.

303 밍밍한 관계를 달달하게 만드는 술,
달달 이후엔 결코 책임지지 않는 술.

304 술자리… 손은 테이블 위가 좋다.

305 술 덕분에 맺은 연인 술술 풀리고,
술 때문에 맺은 관계 술술 꼬인다.

306 술 취한 척 속마음을 전해보라… 안다. 술 취한 척.

307 약한 술을 권하는 남보다,
독한 술을 먹자는 남이 덜 응큼해.

308 상대에 따라 다른 목적… 술 먹잔 말.

309 술은, 상대가 이뻐 보일 때까지다.
갖고 싶다면 멈춰.

310 신은 솔로들에게, 낮은 한숨과… 술을 주신다.

취중진담을 믿는가?

311   술은, 낯선 남녀를 재우고 모텔 방을 나간다.

312   큰길에서 키스를 나누는 남녀…
이 땅을 유럽으로 바꾸는 술의 마술.

313   입에 넣은 술은 쓰고,
그 휘발성은 가슴속 심지를 살린다.
터지는 건 연정.

314   다음날, '술김에…'라는 표현 달지 마라.
들뜬 사람 칼 쥔다.

315   취하면 조는 남…
여친 만날 때 친구 부르지 마라.

이성을 향한 펌프질을 못하는 술은… 물이다.

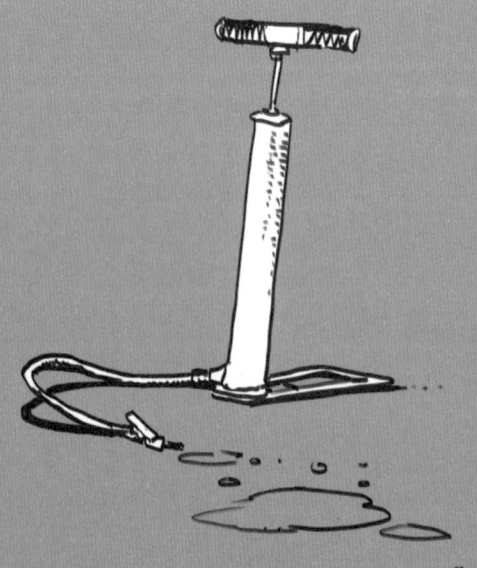

317
이성적인 연애는 없다,
술이 있는 한.

318
취하면 기대는 여…
머리가 뜨거운 남.

319
적당한 술은 없다.
적당한 관계일 뿐.

320
술 깬 후, 통화기록 열지 마라.
잊었던 유령이 열 맞춰 웃고 있다.

321

회식 후 솔로는 갈 곳이 없다.

322

커플 속에 가끔 끼는 솔로···
커플은 가끔 친구를 만난다.

323 회식자리, 필살 개그로 한바탕 뒤집었다 좋아 마라.
웃음 속 흐르는 짝짓기… 넌, 광대.

324 불쾌감 없는 스킨십… 그것은, 수컷들의 궁극.

325 테이블 밑으로 전해진 쪽지…
싫다면, 소리 내어 읽어라.

326

솔로가 길면, 커플이 모태 커플로 보인다.

327

흑심 있는 남자를 물리치는 데
주변 도움 효과 없다.
쌍욕이 직빵.

164

328

회식자리, 조용히 이탈된 남녀를 메모하라.

329

회식 후, 여의 집까지 바래다준다는 남…
그를 주목하는 의심과 증오의 눈빛들.

330

솔로끼리 모이지 마라,
술값은 헐세다.

331

세상 많고 많은 왕따 중…
그 제일은 연애 왕따.

332

연애는 거칠게 마라. 눈에 안 띄게…
들숨~ 날숨~

333

윙크를 받고 오해 마라. 네가 아니다.
눈에 낀 먼지다.

334

여인의 촉촉한 입술,
상대를 원하는 신호로 해석하는 남자. 립글로스다.

335

여의 잘 먹은 화장을 보며
자신에게 잘 보이려 한다 해석하는 남…
함부로 대하지 말란 거다.

336
만남은 순진할 수 있으나…
연애는 결단코 순수할 리 없다.

337
여자에 대한 수많은 정보와…
여심을 다룬 수많은 저서를 탐독한 당신… 뭐하니?

338
남자의 마음을 움직이고 싶다면,
남자의 눈을 공략하라.

339   연애의 메신저를 자처하는 오지랖 넓은 친구,
        자기 연애만으론 만족 못 하는 친구.

340   여자의 마음을 얻고 싶다면,
        남자는 무엇을 포기할지 고민하라.

말도 안 되는 섹스는 없다.

342 섹스 없는 연인을 수락하는 남자는 없다.

343 남자의 이기적인 욕심은…
소녀를 성녀로 만들고야 만다.

344 변화무쌍한 섹스를 원하는 남,
변화불쌍한 여…

171

345 연인이 생긴다는 것,
섹스 면허를 취득하는 것.

346 연인과 이별하면, 무면허 섹스.

347   섹스는 연인과 헤어질 이유…

서너 개를 녹인다.

348   관계중 대화 없음… 섹스의 사각지대.

349   꽤 많은 남자는, 섹스를 위한 보험 연인을 꿈꾼다.

350   솔로도 섹스는 한다… 어쩌다.

351
간절히 보고 싶다는 남친, 생리중이라 답하라.
대번에 미룬다.

352
섹스 후, "너 좋았어?" 확인하는 남친,
면박 주니… "나 좋았어?"로 바꾼다.

353
배려 많은 남자… 배려 섹스 곤란해.

354
사정을 참을 줄 아는 남자,
못 참게 만드는 여자…
궁극 커플.

355
헤어진 여자와 나누던 체위,
여친에게 시도하는 남… 대사는 반복 마.

356

섹스 도중, TV를 보며 웃는 여친…

굴욕보다 욕정이 급한 남친.

357

여자의 몸을 이해한다는 남친…

코 골며 잔다.

358 ‖‖‖‖‖ 한 번의 섹스로 여자를 소유했다 믿는 남자…
징글시럽게 많다.

359 ‖‖‖‖‖ 의무 섹스는 위선…
섹스는 타고나길 이기적.

360 ‖‖‖‖‖ 사랑하는 여친과의 불만족 섹스는,
또다른 사랑을 갈증한다.

361   솔로가 짝사랑까지 한다면… 답 없다.

362   내게 눈치 없단 말을 자주 하는 여…
사랑일 거다.

363   고백이 힘들면, 제껴라. 시험 없이 면허 없다.

364   짝사랑이란 표현은 귀엽다.
외사랑이란 표현은 외롭다.
둘 다 없어 보이는… 공통점.

365   짝사랑의 상대를 친구에게 말해본다…
더 추하다.

대상은 판타지가 되어간다… 짝사랑을 오래 하면.

짝사랑을 미화 마라.

속이 곪고, 살이 썩고, 눈이 머는… 불치병일 뿐.

솔로 생활을 견디게 하는 힘!…

나를 누군가 짝사랑할 거라는 착각.

180

짝사랑도 습관되면… 죽진 않아.

짝사랑이 연인이 되면, 둘 사이 평등은 없다.

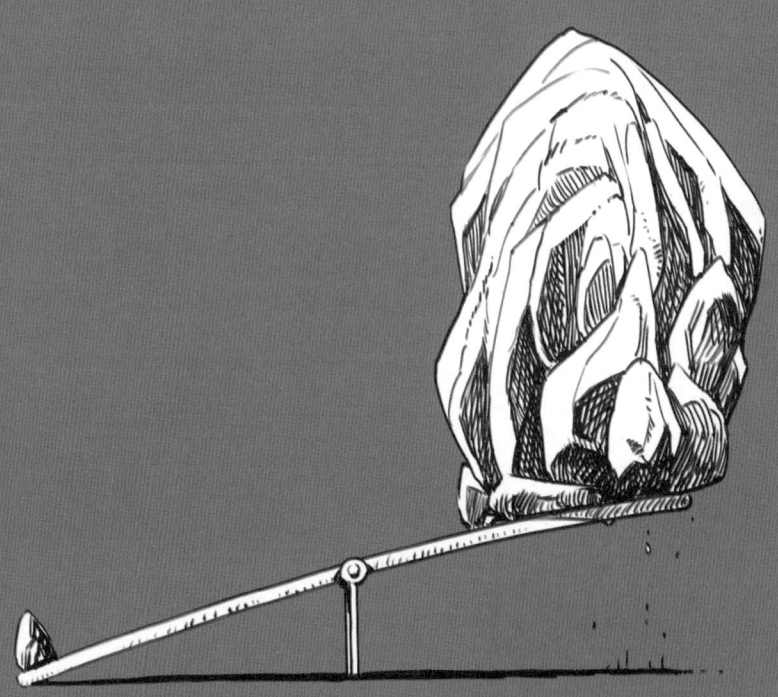

371
커플의 포식성은,
다른 이의 생일도 그들의 축제로 만든다.

372
지갑은 두고 입만 챙겨 나오는 남,
사랑은 두고 지갑을 여는 여… 처절한 사육.

373
사랑이 즐겁지 않다 투정 마라.
솔로는, 사랑 투정이 즐겁지 않다.

374
쿨하게 빼입은 남녀가, 뻔하게 싸운다,
흔한 풍경.

375
여친 관계를 여친 친구에게 상담하는 남…
고민 상담이 아닌 선수교체.

376 이벤트를 닦달하는 여친…
뚜껑 열리는 이별 이벤트.

377 대화소재 바닥난 연인,
개봉영화 기다린다.

378 돈 없는 연인은 마음을 포장하고,
맘 없는 연인은 선물에 집착한다.

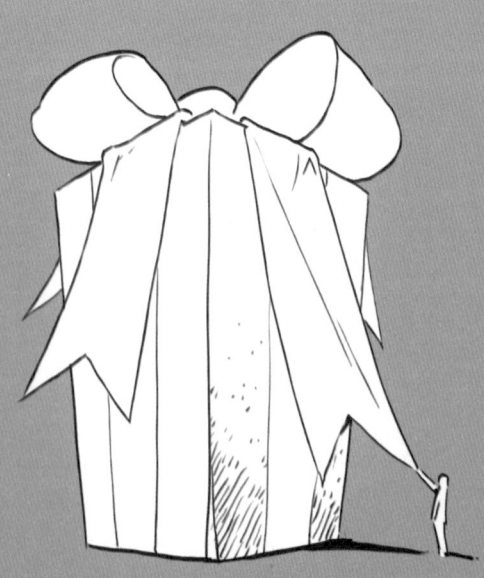

379 동일인물이다···
세상이 끝날 듯 생이별에 통곡했던 너.
세상이 떠날 듯 새 연인에 깔깔대는 너.

380 사랑은, 찾지 마라··· 인정하는 거다.

381 우정은, 사랑에게 자릴 내주지만…
사랑이 떠난 자리 다시 메우진 않아.

382 여친에게 아내의 덕목을 기대 마라.
그냥 여친이다.

383 아프지 말라며 찌르고, 잊으라 말하며 남긴다.

384

편한 여자는… 뻔한 남자에게 당해.

385

주관적 감상이다. 일반적 동의는 얻지만

객관적 표현은 힘들다… 사랑은.

길면 깊어지는 우정… 길면 무뎌지는 연정…

387
이별 후, 좋은 친구로 남자는 말…
서로 뒷담화는 까지 말자는 말.

388
우정이 ➔ 사랑으로
바뀌는 거… 흔해.

사랑이 ➔ 우정으로
바뀌는 거… 뻘짓.

389
우정과 사랑은,
상대 봐가며 바꾸는 비열한 단어.

390
사랑보다 우정을 택한 자…
사랑을 사랑하지 않은 거다.

시원섭섭한 이별보단,

섭섭시원한 이별이 낫다.

쉽게 몸을 열고, 쉽게 맘을 주는 여…

이별 근심 없는 남.

당연한 이별을 미루는 사이,

예고된 이별 고통은… 세포분열.

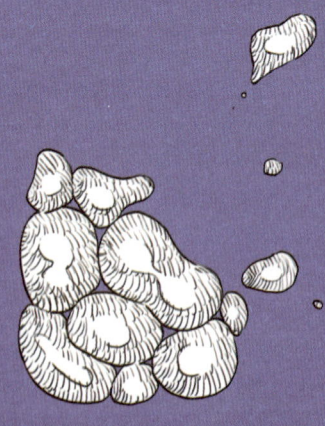

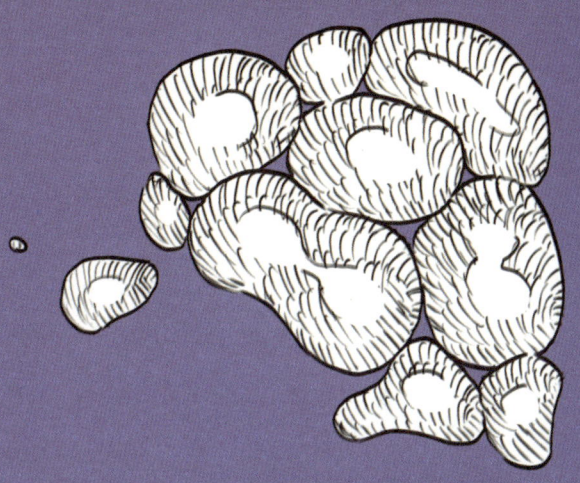

394
쉽게 얻은 사랑 책임 없고,
쉽게 얻은 섹스 기쁨 없다.

395
왜 바람피우냐 묻지 마라…
바람은, 바라는 바람이 있어야 바람을 만든다.

396

눈치 보며 연인을 만드는 유부남,

눈치 없이 연인을 키우는 유부녀.

397

미소가 본인의 매력임을 아는 여자…

혼자 있는 방, 미소 없다.

398

성형 따지지 마라. 얼굴 따지는 입 따져라.

399

키스가 키스로 멈출 확률,

목욕중 머리 안 감을 확률.

400

이별 후 공백이 무섭다면,

헌 사랑과 새 사랑의 교집합을 만들라.

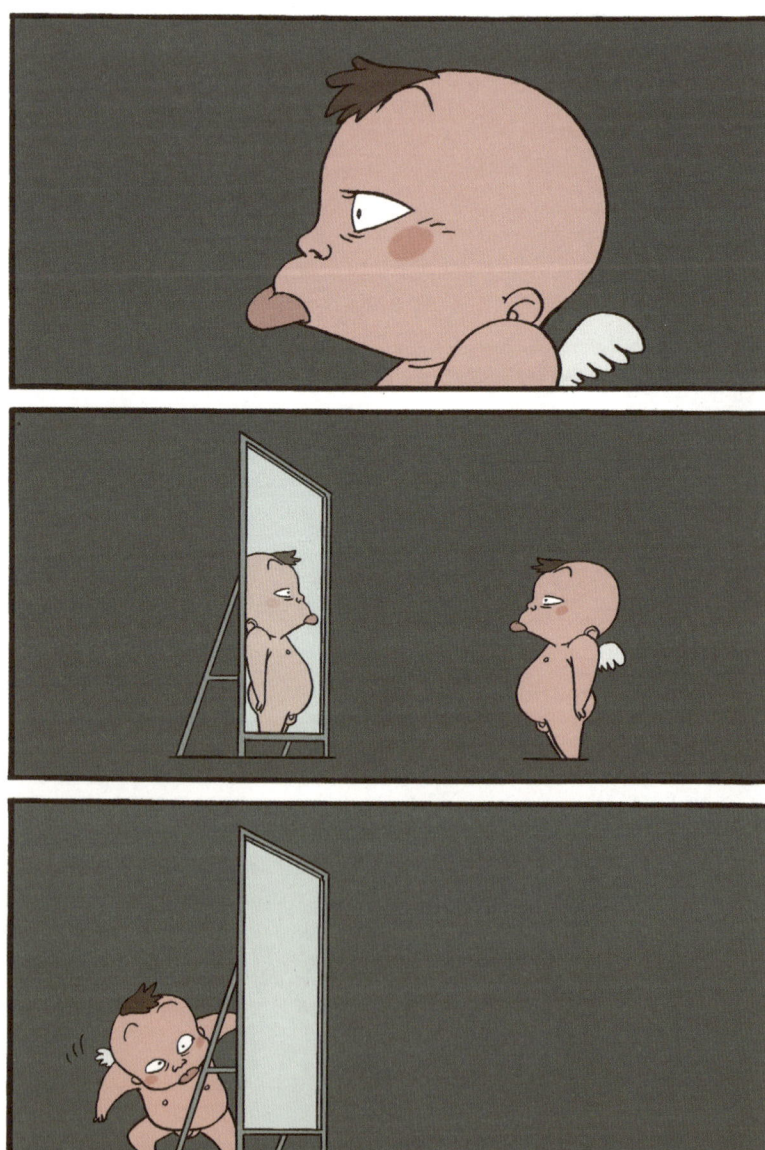

가끔은…

불가능한 사랑이 온다…

PART V

이별은, 처방이다.

보내지 않은 연인들에게

시간을 소중히

401 수다로 푸는 여자. 수다로 얻는 남자…
그 이름 스트레스.

402 사랑의 정의는 머릿수만큼 많아…
각자, 착각이 다르기 때문.

403 이별에 이유 없다… 만날 이유 없을 뿐.

404 나이차는 극복이 아니다… 무시다.

405 시간을 소중히 보내지 않은 연인들에게
이별은, 처방이다.

406
두 명의 여친을 사귄다는 친구… 지출 두 배다.

407
연인이 될 수 있는지 자보면 안다는 남…
비열하고 솔직하다.

408
"너뿐이야!"라는 남. 나뿐인지 검증하라…

409
상대보다 나은 상대는 널렸음.
연애가 한 번이지 못하는 배경.

410
한 해가 끝나며 거리엔 음악, 하늘엔 눈,
이별하기 딱! 좋다… 이별이 많은 12월 통계.

기억이 무서운 건… 죄책감을 챙겨오기 때문.

애교도 무기, 눈물도 무기, 웃음도 무기…
여자는 방위산업 덩어리.

나 혼자 아픈 사랑, 억울한가… 네 선택이다.

섹스도 결혼도 아니다.
연애의 목적은 연애다.

사진 찍을 때만 웃는 여친…
기록의 중요성을 알고 있다.

416
남자들이 여자 맘 몰라준다 불평 마라…
귀로 듣는다.

417
커플은 서로의 어제를 묻지만…
솔로는 서로의 미래를 묻는다.

418
사내 연애는… 금지해서 짜릿해.

419
사랑 달라 애원 마라.
떼쓰는 물건 아니다.

사랑 심고 사랑 말라는 남… 연애 고문기술자.

연애괴물대백과

421 솔로는 힘을 내 거울을 보라! 장차…
애인 있을 얼굴이다.

422 날 버린 사람 벌 받는다… 확인 기회 없을 뿐.

423 찌질해 여친 없다?… 없어 찌질한 거다.

424 남녀의 사랑은 예고 없다…
떨림은, 종종 알람 역할.

425 염치 없는 여자는 공복을 몰라…
눈치를 먹기 때문.

426 새 남자를 만나보라 조언하는 남,
속으로 운다… 새 남자는 본인.

427 사랑의 유효기간은 현실감이 없을 때까지다.

428 남들 다 해주는 거 못 하는 남친,
남들 못 해주는 걸 찾아라.

429 불륜不倫은 한자 그대로의 뜻.
륜倫이 바뀌면 불不도 헤맨다.

430 세상 가장 불행한 남자는,
여친 결혼에 방해되는 남친.

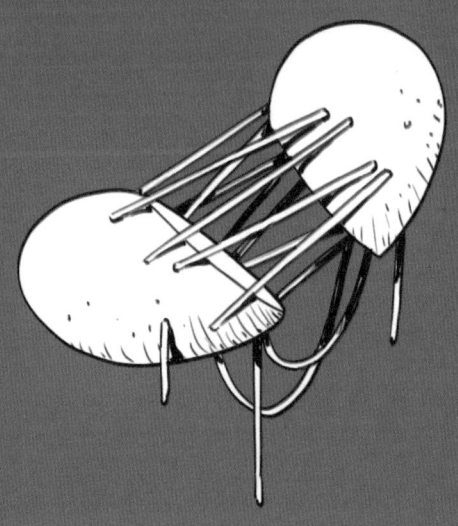

431 마음속 연정은… 언제나 개망나니.

432 한 번 이별은 그걸로 끝…
재결합 후 관계회복은 착시.

433 화장 지우지 마라… 사랑이 우정된다.

434 떠밀려 시작한 사랑, 떠밀려…
떠밀려간다.

435 남자가 여친에게 듣기 두려워하는 말.
"우리 말 좀 해…"

436   여자가 남친에게 듣기 두려워하는 말.

"생각할 시간을 쥐..."

437   친구 애인이 좋은가?… 친구부터 이겨라.

438   사랑이론은 무수한 예가 만든 질서…

예외는 이론의 주적.

....

....

....

....

....

....

....

....

....

....

439

남녀에게 우정은 가능해…

죽을 만큼 인내하고 티끌만큼 매력 없다면.

440

짜장 먹으러 들어가 짬뽕 먹고 나오며,

끝내 후회하는 미련… 연애.

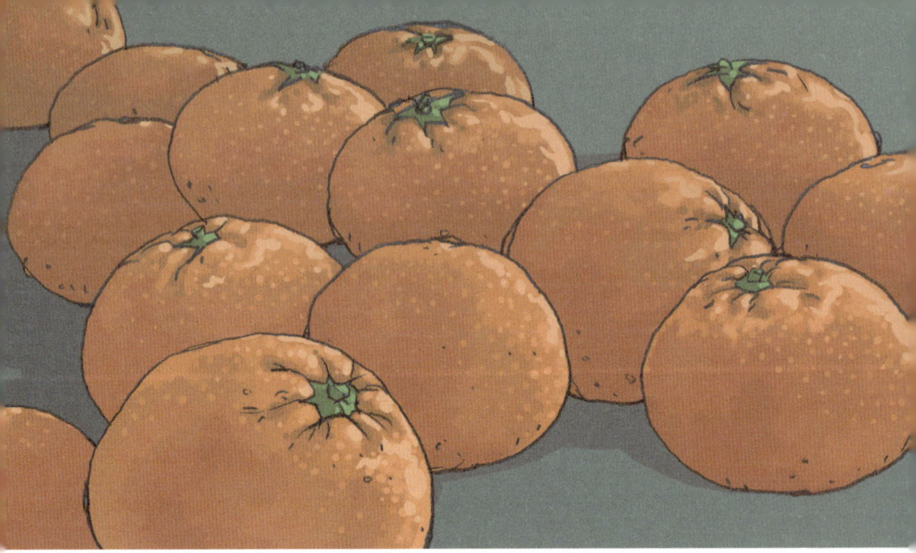

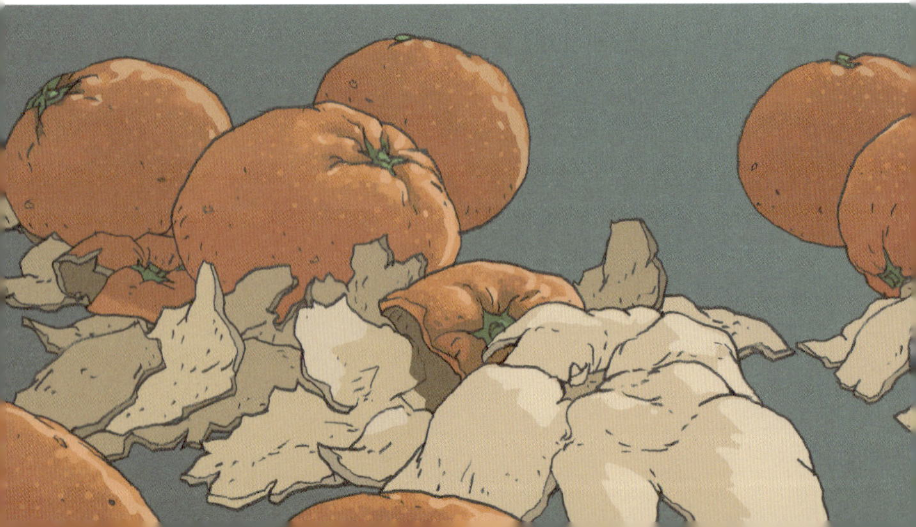

441 모텔 고르는 남친…
나도 이만큼 신중하게 고른 걸까.

442 "다 잊었다…"며 한숨 쉬는 너.
…한숨이 진실.

443 남자 고백에 애매모호하게 답하는 여인…
그냥 싫은 거다.

444 바람피운 잘생긴 남친 얼굴값.
바람피운 못생긴 남친 주제 값.

445 버린 시간인가?… 배운 시간이다.

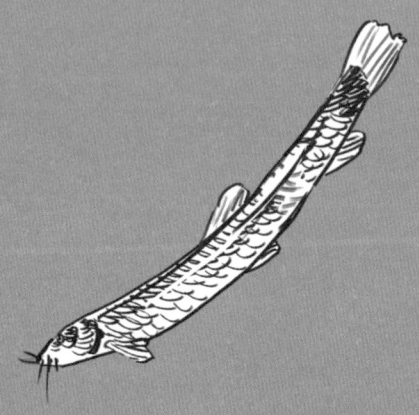

446 손으로 잡은 미꾸라지, 눈물로 잡은 남자…
어려운 포획.

447 버리거나 태우기보다… 무시하라.
남은 추억.

448 축구는 몸싸움.
섹스는 기싸움.

449 망국적 선택…
홧김에 만든 남친.

450 솔로는 밥상도 외롭다.

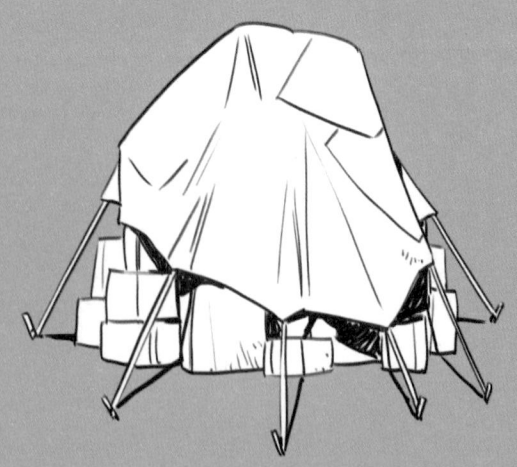

451
||||||||

아까워 못 버리는 물건, 짐 된다.

이제 연인 아님.

452   섹스 후 5분… 다음 섹스를 보장.

453   사랑 줘야 사랑했던 사람…
      거두는 건 먼저.

454   대답을 원할 땐, 입을 닫아라.
      답이 많아진다.

455   이쁜 솔로는 많다.
      섹시한 솔로는 드물다.

456

실연에 통곡 마라.

벌거벗고 광장에 서는 꼴.

457

따블연애 …

날고생,

따따블연애 …

뭔 고생.

222

458

옷을 벗고 입을 닫아야 멋 나는 남자.

직업 확정.

....
....
....
....
....
....

459
방해 마라… 좋은 기지개는 섹스다.

460
기억은, 만 번의 웃음보다
한 번의 눈물을 좋아해.

461 여친 오빠를 본다. 다시 여친을 본다.
오빠가 긴 머릴 하고 있다.

462 데이트를 집에 보고하는 여친.
결국, 손만 잡는 남친.

463 번호를 바꾸는 작은 시도…
번호 찾아 몸부림치는 누군가를 만든다.

464 그리 멀지 않은 시기, 연애는 사라진다.
솔로는 서둘러!

465 유욕무언…
욕구는 있으나 말하지 못한다.

466

현대적 만남,

원시적 섹스. 근대적 이별.

.

467

싫증 났냐 따지면 짜증 낸다.

짜증 내냐 물으면 싫증 낸다.

468

손만 잡아도 짜릿하단다. 자자면 죽겠군.

469

남자들 앞에서 전 남자 얘긴 금물.

비워야 들어온다.

사랑할 때 멈추고,

이별할 때 발광하는…

연인의 뇌.

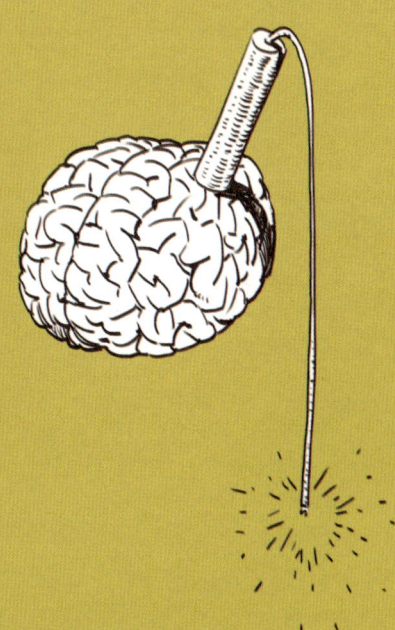

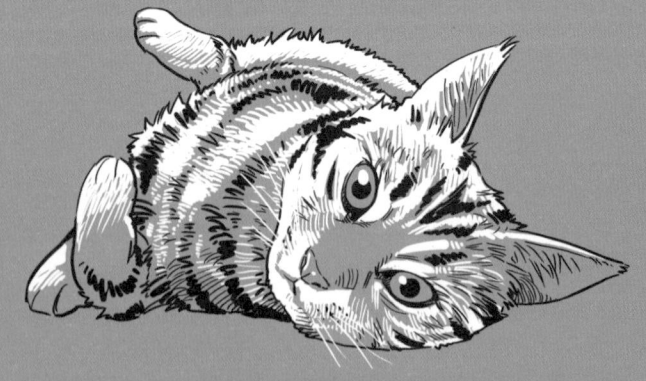

471

만인의 연인이라 자랑하는 여.
만인에게 책임 또한 없다.

472

친구에게 여친을 자랑 마라…
자랑만큼 탐낸다.

473

연락이 뜸하면 편안한가… 끝난 거다.

474

주변에서 반대하는 이성.
언젠간 반대한 이유를 증명한다.

475

자신의 갈증만큼 상대를 택한다.
1.5리터를 단번에 마시긴 힘들지…

476 아껴 사랑 마라… 다음 상대는 신상.

477 상대가 일치하진 않음.
연애경험, 사랑경험, 섹스경험…

478 잃은 것이 더 많다면… 실패한 거래.

479 손톱의 때도 이뻐 보이는 순간은 짧다.
손톱 정리하라.

480 재앙은 이별이 아니다.
이별에서 멈춘 것이 재앙.

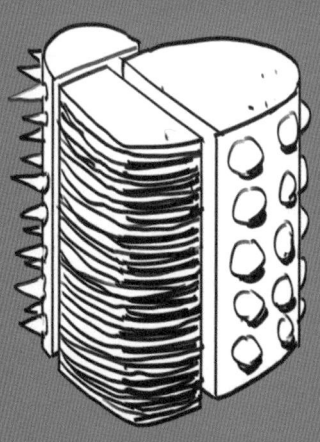

481 사랑에 빠진 남자의 말은 믿어라.
본인도 당시엔 믿고 있다.

482 그녀가 서 있는 곳,
그곳이 지구의 자전축.

483 키스만으로 족했던 당신…
체위 짜고 있다.

484

새 남친과 섹스하는

매우 당연한 사실을 분개하는… 대부분 전 남친.

485

첨 보는 이성에게 뛰는 심장보다,

자주 보는 이성에게 뛰는 심장 이상하다.

486 "다신 너 같은 놈은 안 만나!"란다…
비스무리 만난다.

487 화장 지워진다며 뽀뽀 피하는 여친…
남친에겐 사랑 지우는 화장.

488 운명의 사랑은 없다.
사랑의 운명은 있다.

사랑이 끝난 후,

사랑의 진위를 알 수 있는 시간차.

오해를 골고루 뿌리면,

귀엽게 불신이 자란다.

....

....

....

....

....

....

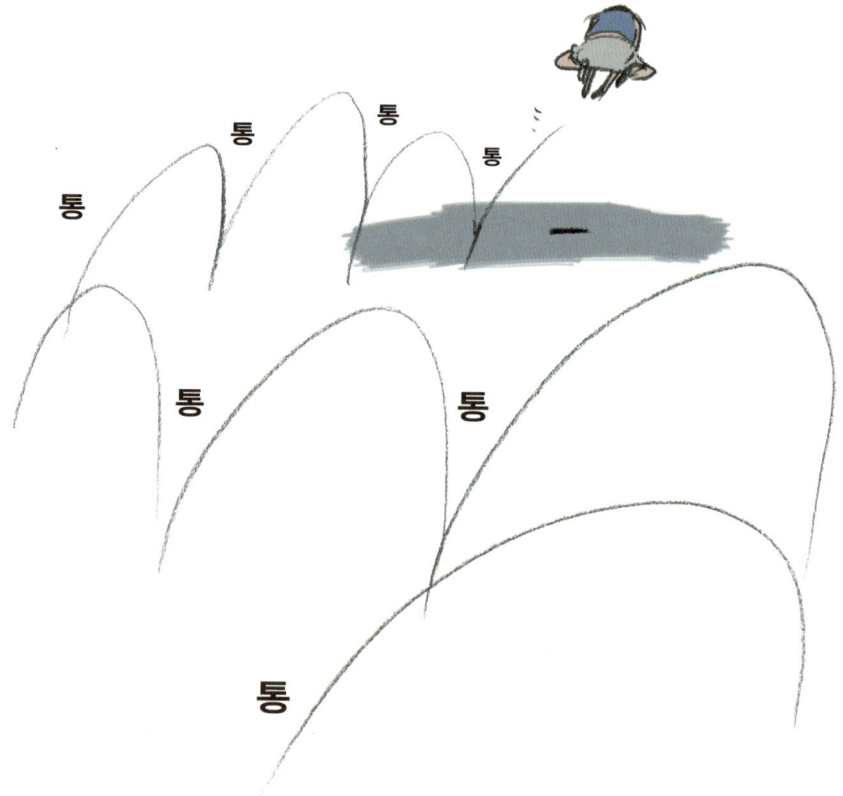

491 세상 모든 커플이 부러운 건 아니다.
솔로도 가려서 본다.

492 여친을 칭찬하는 가짓수가 많을수록
이별 순간, 악역은 나.

493 내 빈틈 메꾸는 여자 좋아 마라.
빈틈 물고 협박한다.

494 결별 직전의 연인 사이 끼지 마라…
독박 쓴다.

495 김이 빠진 콜라는 생수보다 못해.

496

이만하면 적당하다, 고르지 마라.

연인에… 임시는 없다.

497

둥지를 떠난 새는 돌아오지 않는다.

떨어지길 기대할밖에.

498

본인 연애 생중계 떠들던 녀석.

이별도 공개심판 바란다.

499

물거품이 됐다 서러워 마라.

형질이 바뀐 거다.

사랑하면
이뻐진다?

...

맞다.

안녕…

P
A
R
T

VI

세상… 견디기 힘든 건,

미움보다 싫증.

246

501

커플은 사랑을 발명하며,
솔로는 질투를 발견한다.

502

지나고 보면…

수없이 많은 어처구니가 있다.

503

내 이별은 세상 최악의 아픔,

네 이별은 세상 최악의 허풍.

247

504

너는 내 맘의 전세, 잠시…

살림 들여놓은 것뿐.

505

세상… 견디기 힘든 건,

미움보다 싫증.

506

내 실수를 지적하지 않는 남친…

이별 순간, 터지는 대전차지뢰.

507

"사랑해"를 입버릇처럼 입에 담아보라.

입버릇된다.

508

이별에 슬픈가…

현재의 나를, 미래의 내가 비웃어.

509

"오직 너만을 사랑해"를,

"되도록 너만을 사랑해"로 듣는 경험녀.

510

잘못 먹으면 하루가 복통,

잘못 만나면 인생이 먹통.

스르르르르르르르

511   어느 순간 느닷없는 결별 통보,
지난 순간 챙겨오던 이별 예고.

512   명품 고백… 진품 연애… 짝퉁 이별…
명품이 좋은 이유.

513   연애를 한 음절로 줄이면 '간看'.

514   이별한 친구끼리 만나면,
조명도 꺼진다.

515   '설마…' 하는 여,
'역시…' 하는 남, 바람.

516
솔로는, 커플보다 셀 수 없이 장점이 많다.
단점 하나, 외로움.

517
여신이다…
다른 놈에게 안기기 전까진.

518
이별 고통 무서워
깊은 사랑 망설이는 그대… 뺏긴다.

519
솔로 친구 모셔놓고 연인들 손 잡지 마라…
능욕이다.

520
사랑을 인정하는 찰나,
자전은 잠시 멈춘다.

521 술은, 어려운 고백도 가능케 하고,
어려운 섹스도 가능케 한다.

522 섹스 횟수가 줄어 편안한가…
누군가 횟수를 빼앗은 거다.

523 섹스가 목적인 데이트…
데이트 줄이고 섹스 늘린다.

섹스 전 키스 리듬 주고,
섹스 후 키스 믿음 준다.

오랜 이성 친구…
자봤거나, 자보지 않았거나, 미뤘거나…

깨물지 말고 녹여 드세요.

526 마음 열어야 연인되는 여.
몸 열어야 연인되는 남.

527 경험 많은 여와 경험 없는 남의 잠자리.
고양이와 맞짱 뜬 쥐.

528 상상보다 싱거운 섹스…
상상만 해서다.

529 동정이니 처녀니… 계급이 아님.
졸업이나 정복이란 표현은 최악.

530 즐겁지 않은 섹스는 동물도 안 해.

531

동정으로 시작한 연애,

연민으로 위장된 모욕.

532

근사한 이별은,

서로 찾지 않는 것.

533

똑똑한 머리가

똑똑한 연애를 보장하진 않는다.

534 의존하는 남친,
짐이 되는 미래.

535 사랑은, 사랑을 속이고 사랑을 죽이고,
끝내⋯ 사랑을 남긴다.

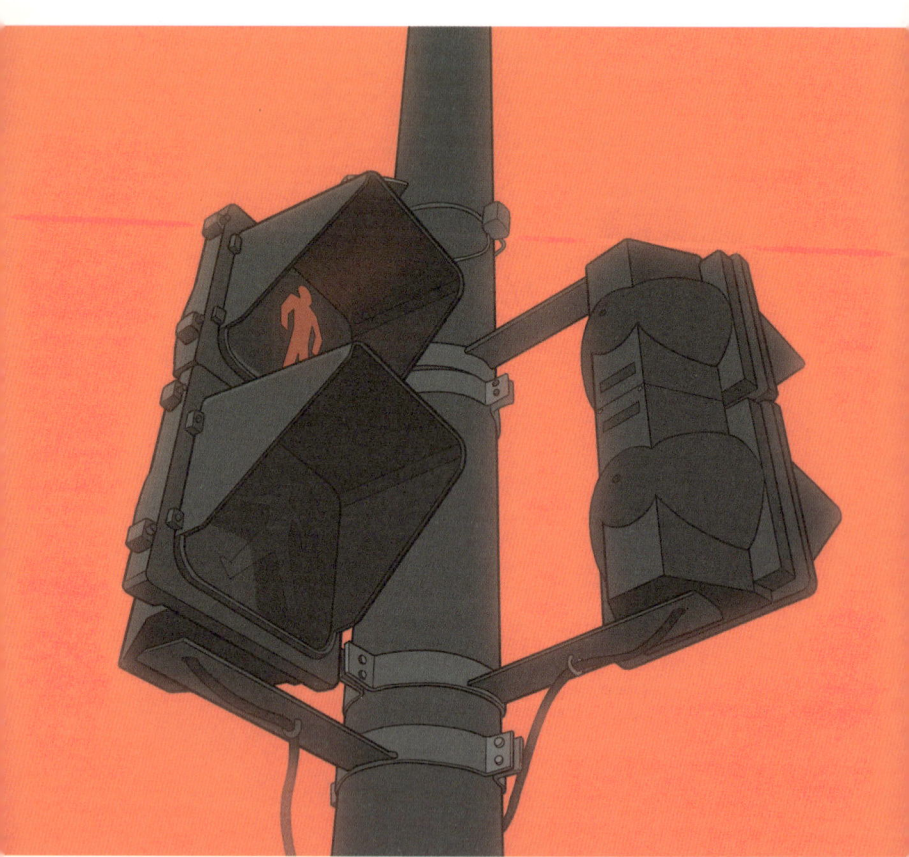

연애괴물대백과

536
이별 이유 없다 해도 캐묻는 여친…
오물통을 열지 마라.

537
이별하는 상대는,
상대의 이별을 걱정 않는다.

538
앞만 보고 달리는 경주마,
넘어져야 뒤를 본다.

539
여친의 신체 비밀을 안다는 것.
남친의 자랑 못 할 특권.

540
누군가 나를… 짝사랑한다 입을 열면 보듬어라.
이미 지친 사랑이다.

541 자주 발을 헛딛고 입이 벌어지는가?…
머릿속 누가 있다.

542 목메임이 심하고 속이 뒤틀리는 쾌감…
일단, 사랑.

543 사랑 첨 해본 사람의 수다는…
B급 SF 판타지.

544 다양성을 인정하고 싶다면,
다양한 만남이 순서.

545 그럴 수는 없다… 머리 뜯지 마라.
그럴 수도 있다.

546 근사한 옷 입고 여친 나온다면,
오늘은 근사하게 행동하란 거.

547 나쁜 애는 용서해도 나쁜 남잔 용서 안 된다면…
남자를 애로 보라.

548 이별해야…
내 남자가 평범한 남자임을 알게 돼.

549 술김에 고백한다.
상대도, 술김에 고백했다 생각해.

550 질긴 인연인가?…
허술한 너다.

551 '우리' 사랑이 아니다.
'너'와 '나'의 사랑이다.

552 톤만 바꾸면 의미가 달라지는… '안녕…'

553 때가 있다.
고백도, 노력도, 용서도, 버림도.

554 영원할 거라 믿고 만나…
영원한 이별을 믿게 되는.

마음의 여자를 밀치고 들어올 여자는 없다…

방 하나 더 만들 뿐.

女

男

리본은 남자와 여자 팬티를
구별하는 중요한 열쇠다.

556
한심한 짜깁기…
어쩌다 만나놓고, 운명이었다 타령.

557
겨울에 먹는 아이스바…
시련중에 만나본 옛 남자.

558
누구나 스토커.
누구나 마음속 포기 않는 대상이 있다.
방치할 뿐.

559
사랑을 농담처럼 사용하는 자…
농담에 쓰러진 자, 본다.

560
마지막처럼 즐겨라,
항상… 처음이 된다.

561
처음부터 책임이 필요한 사랑은 없다.

562
깃털처럼 가벼운 연애는, 장난이다.

563
반복되는 실수, 반복되는 사과…
아들이 아닌, 남친.

564
복수하고픈 이성이 있다면,
지워라. 복수다.

565
만족스런 상대를 만나면
갈증은 잊고 흐릿해져.
일종의 식곤증.

이곳으로부터

낚시금지구역이 시작됩

← 낚시금지구역

100m ~ 성산대교 서0

연애괴물대백과

566
첨부터 다시 시작하고 싶은 맘이 든다면…
지금 사람은 아니다.

567
육지를 벗어나 처음 배를 타본 적 있는가…
연애다.

568
손톱 깎듯 정기적인 정리가 필요…
관계가 길어지면 때만 껴.

569
몸 안에 흐르던 피…
일순간 멈추는 경험.
고백 1초 전.

570
우아하게 걸어라…
앞으로 걷든, 등을 돌려 떠나든.

571 호기심 연애…

호기심이 채워지면, 국물 없는 바닥.

572 죽이고 싶도록 미운 사람…

죽을 생각 없다.

573 눈뜨면 있길 원하는 여…

잠들면 없길 기대하는 남.

574 허기를 채우는 식사가…

곧, 맛있는 식사는 아니다. 연애는.

내 속맘이 담긴 말,

내게 관심 없는 이성에겐… 흔한 말.

576
잔 브레이크가 잦다…
초보는 속도조절을 못 해.

577
사랑 마약,
통증을 잠시 잊게 하지만 회복은 불가능.

578
나에게만 섹시해야 한다는 남친.
복장 파시스트.

579
마음 약해 사랑받고,
마음 약해 사랑 보내… 정거장녀.

580
따뜻한 오뎅 국물… 혼자 서서 먹어보라.
눈치 보여 입 덴다.

581

시작할 때 건성건성…
끝이 날 때 목이 메는, 연애 조언.

582

총명한 자들은, 불편한 연애를 편하게 해.

583

이별 후 혼자 먹는 술…
핸드폰을 부모님 방에 모셔놓는 정석.

584

사랑 주면 날로 받고 요리조리 뜯어보는…
당신 손에 심장 있다.

585
||||||||

연애유단자, 규칙은 지키되…

한 방을 노린다.

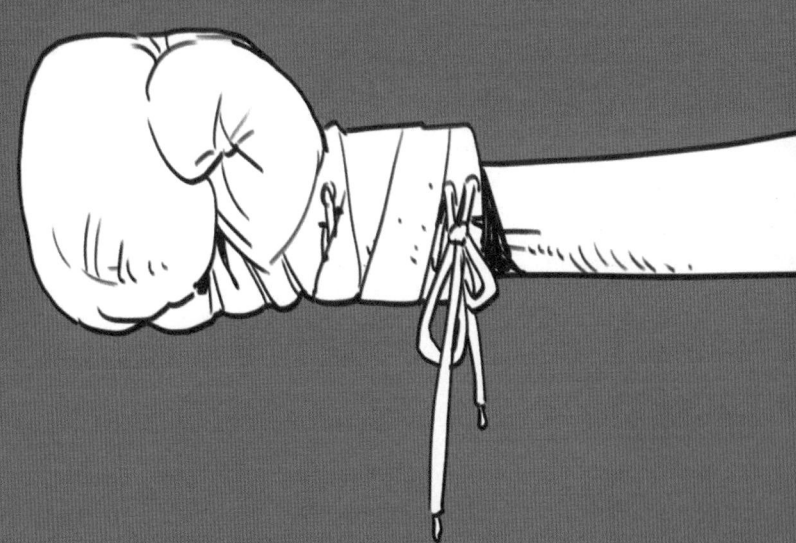

586

여친, 남친이란 표현…
솔로를 죽이기 위해, 커플이 만든 줄임말.

587

참아라!… 커플을 기념하는 날 제외하면,
모조리 솔로의 날.

588

솔로는 쉽게 탈출하지 않는다.
까다로운 모범수.

589

커플 이별이 기념일에 많은 이유…
냉정해지기 때문.

나보다 못난 놈이
연애한다 생각 마라.
미세하게…

잘

났

다.

591
이상형,
네 상대 생기면 소멸되는 의미 없는 낙서.

592
옷을 벗기 전은 잊어라…
보이고픈 옷과 보여지는 몸.

593
행동이 서툴다 하여…
열망이 서툰 건 아니다.

594
데이트 전날…
소풍 준비 들뜬 아이처럼 잘생긴 밤.

595
불안한 네 연애, 각별한 내 연애
… 이중 잣대.

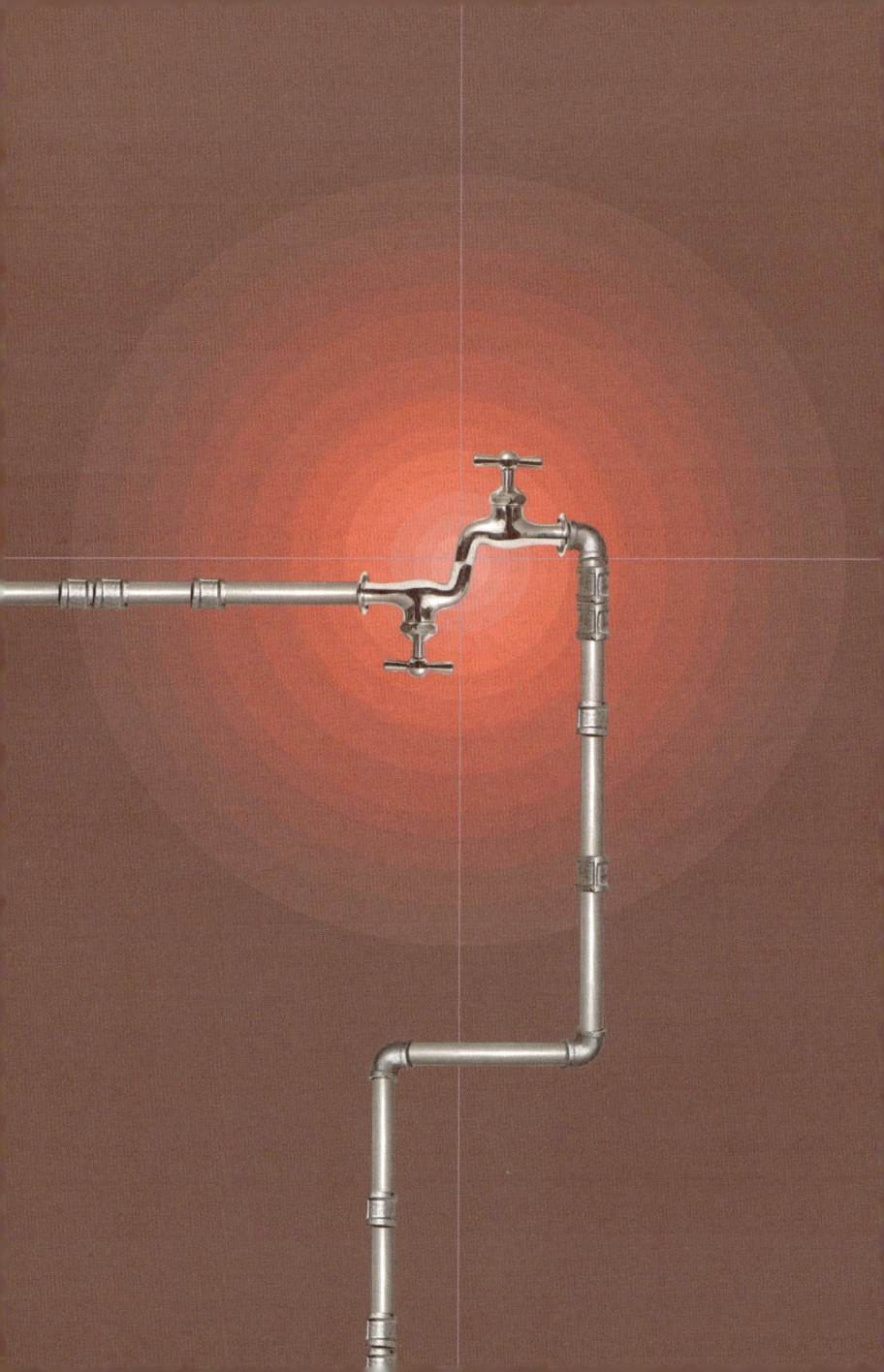

596
예쁘단 말, 여친에 거는 주문,
내 눈에 뿌린 최면.

597
주변을 뿌리째 흔들고 쓸어버리는 연애 토네이도…
핵은 멀쩡해.

598
번호, 선물, 시간, 감정, 추억…
다 없애도 남는, 살 냄새.

599
맘을 보여달란다…
나는, 볼 수 없는 너를 원망해.

600
연애는 살을 뜯고 사랑은 목을 조른다.
대신… 내일은 줘.

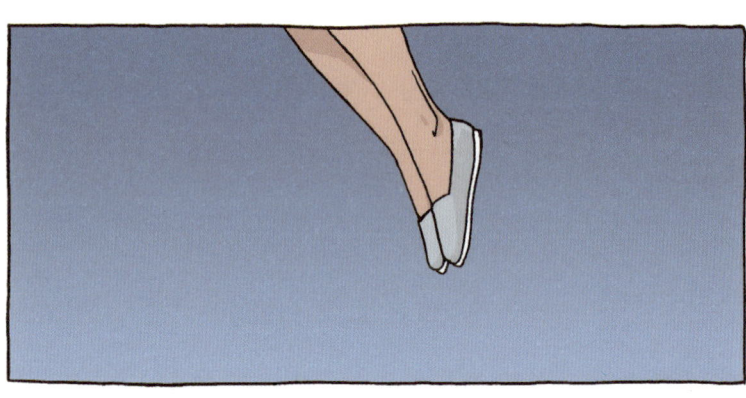

미래엔···

성경험에
비례해

몸이 뜰 거야…

새로운 계급이
생긴 거지.

그래서… 외로워.

상위계급의
선택은…

탁탁탁

자위.

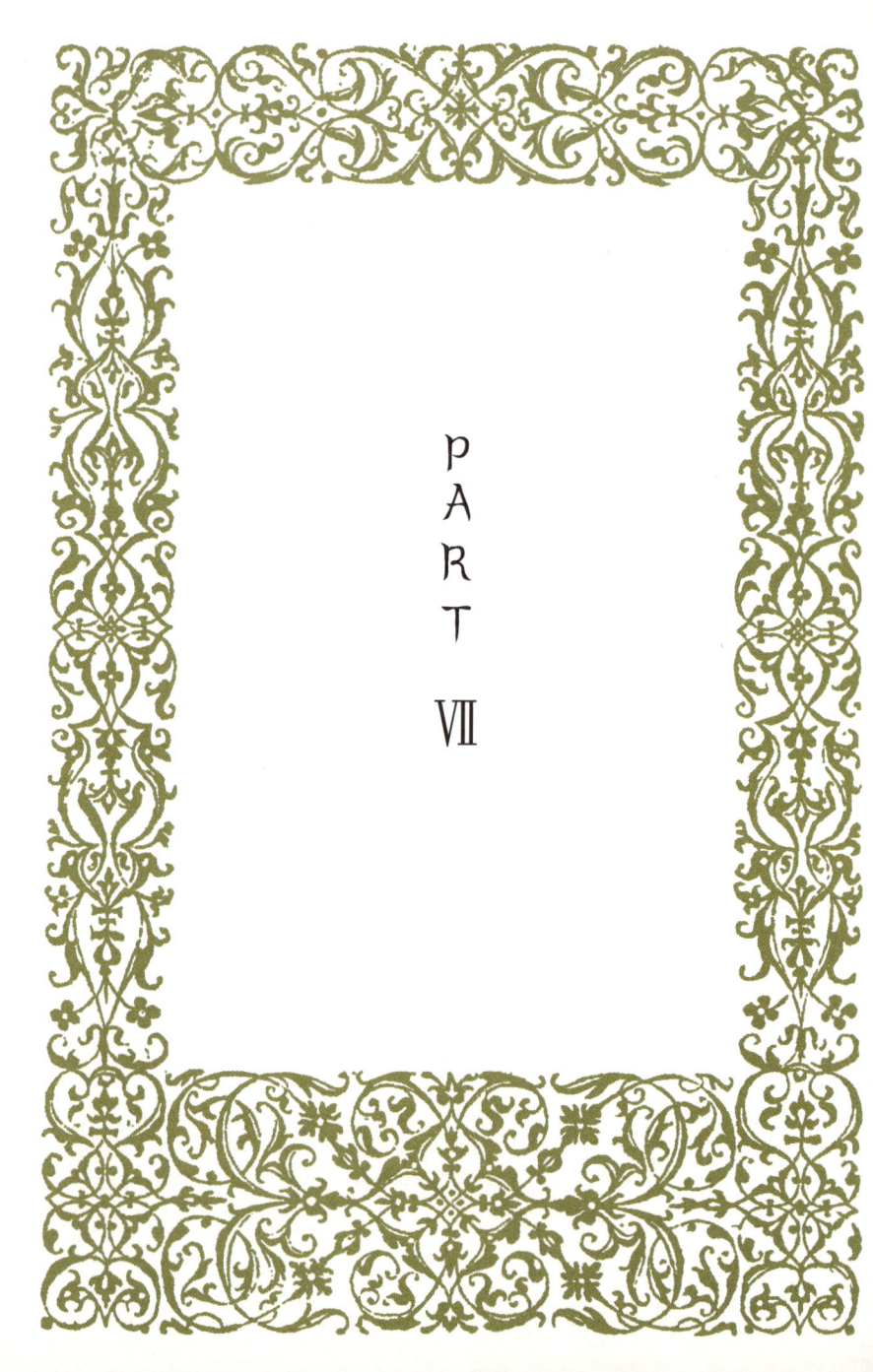

P
A
R
T

VII

온몸이 뒤틀리는 두 번의 지옥

사랑 시작, 사랑 끝…

601

짝이 있음 사라지고…

솔로 되면 드세지는, 매들의 눈.

602

적절한 스킨십은 적절한 센스가 아닌,

적절한 섹스.

603

호주머니에 다른 손이 들어온다…

낯선 손은 차갑지만 내 몸을 달궈.

604

남자에게 남친 자랑하는 여자,

늑대에게 남친 늑대 자랑하는 토끼.

밝은 여자, 남들 다 있는 어둠 은폐하고…
끝내 토하는 방백.

606

술은, 용기와 수작을 안겨주고…
책임과 내일을 외면한다.

607

위로 달라는 차인 친구,
시샘 달라던 그 친구… 맞다.

608

"딱! 이 사람이다!"는 말…
딱! 여기까지… 라는 포기.

609

내 편이 돼주던 사람. 그편이 되니…
사람이 아니네.

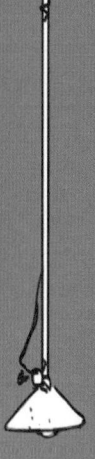

남친의 변명은 소설. 친구의 조언은 사설.

내 추궁은 가설.

611

일보후퇴 스킨십.

일보전진 딥키스… 이룬다.

612

상대가 멋져 보인다고…

나도 멋져 보이는 건 아님. 신중!

613

여자가 유혹을 시작한다.

남자가 유혹을 오픈했기 때문.

614

친구 여자의 연애불평,

남자는 친구를 욕하며… 부럽기 짝이 없다.

615

서로 사랑하기도 바쁜 시간…

'사랑하냐'로 낭비 마라.

616 "오늘 같이 자자"란 말보다,
"함께 있고 싶다"는 말을 선호하는 착각.

617 질문이 많은 여친 핀잔 마라…
원하는 건, 대답 아닌 대화.

618 입술 부어 나타난 남친.
의심 싫다 가버린다… 분명한 바람.

619 사랑 고백에 답을 기다려달란 여인.
즉답 아니면 조건 붙는다.

사랑한 게 죄가 되나요!!

···응.

촌스러워 죄다.

621

아침에 눈떠, 전날의 그녀를 떠올리며 웃는다…
잠은 쉼표.

622

주책은 살고 체면이 마비되는…
늦깎이 연애.

623

깐깐한 선택, 팽팽한 흥정, 허술한 구매…
감 늦은 후회.

624

언제나 만나던 너…
이제는, 눈을 감아야 볼 수 있는 너.

사랑 시작, 사랑 끝…

온몸이 뒤틀리는
두 번의 지옥.

626   눈치 보인다며 팔짱도 피하던 너…
이별 앞, 대놓고 길에서 윽박지른다.

627   연인에게 인색하고 솔로에게 인심 후한… 시간.

628   내가 임자라고 명찰이라도 붙이고 싶다는 남친…
생산자 표시.

629 연애 괴물과 연애 초급의 만남…
걱정 마, 괴물이 알아서 변이를 시작해.

630 사랑…
만족을 모르는 거만덩어리.

631 저장하라! 이 순간을.
삭제하라! 이 남자를.
복사 마라! 이 이별을.

632 커플의 소박한 입맞춤은
솔로들의 화려한 파티를 부러워 않는다.

633 고프다면 고픈 자를 만나라.
배부른 자의 포만에 네 허기를 고백 마.

634 전날 만난 눈이 녹아 고드름 만든다.
내 고드름은 잔챙이.

635 사랑은 퍼도퍼도 마르지 않는 샘물 아님.
목마른 자에게만 한 모금씩.

636
누군가 잔고를 체크하는 계좌보단,
서랍 속 동전이 내 돈 같다.
나만 아는 내 사랑.

637
감당 못 할 상대는 없다.
내 선택이며 내 부담일 뿐.

638
내가 지키지 못한 방어선,
상대에게 허락이란 망상을 줘.

639 사랑은 줄임말이 없다.
그 자체가 줄이고 줄인 결정체.

640 하나 마나 한 소개.
가나 마나 한 장소.
보나 마나 한 사람.
소개팅의 나른함.

641
성공한 연애는,
고양이를 강아지로 만든다.

642
옳은 말 많이 마라…
여친 눈에 꼰대 보여.

643
연인의 탄생과 함께한 키스,
지속시간은 반비례.

644
이별 순간… 피, 눈물도 없던 남자.
이별 후 눈물, 콧물 쏟는다.

645
혀는 정확한 체온계, 상대의 열망을 체크하는…
확실한 키스.

646

건방진 모양이 사랑받는 유일한 신체부위…
엉덩이.

647

고백만큼 이별이 신중했다면… 너는.

648

여친이 옷장 열어 자신과 싸움 벌일 때,
남친은 지갑 열어 연애전투 대비한다.

649 오목에 이겼다 기뻐 마라…
상대는 바둑이다.

650 긴장하라! … 연애가 길다는 건,
여친이 기억해낼 사건이 많아진다는 거다.

651

이별 후에야 생기며, 쉽게 풀리지 않는 의문…
'왜 사랑했지?'

652

바람, 불륜, 외도…
단어가 바뀐다고 뜻도 달라지는 건 아니다.
고로, 뜻도 바꿔라.

653

주변의 시선이 불편하다 말하는 남친,
여친이 불편한 거다.

654
이상형?… 편한 소파를 찾는 과정이 아님.
원래 생겨먹은 의자에 내 몸을 내려놓는 것.

655
연애 시작 후, 첫 영화 관람…
영화가 연인을 관람해.

연애괴물대백과

656 나무를 보지 말고 숲을 보라.
키스만 보지 말고 뒤로 뺀 엉덩일 보라.

657 '그깟' 연애 얻으려 제긴 게 많다면,
연애를 '고깟'으로 한 거다.

658 고백의 답이 늦을 때 남자의 맘,
사형선고 추측하는 죄수의 맘.

659 여자를 많이 안다는 것,
연애가 쉬워지지만… 사랑이 쉬워지는 건 아님.

660 둔한 시간은,
상대를 귀한 손님에서 편한 노예로 변질시킨다.

661

여친이 생긴다는 것,

끊임없이 사과할 상대를 스스로 만드는 것.

662

낮에 건조한 남친, 밤에도 밍밍.

낮에 음탕한 남친, 밤에는 개음탕.

663

서로 없으면 안 되는 사이…

결국, 없어도 되는 게 보여.

664

사랑을 수집하는 남자…

군복에 치렁치렁 훈장 도배한, 전직 장성 꼴.

665

남친의 물 냄새, 비누 냄새, 모텔의 룸 넘버까지

맡을 수 있는 후각… 여친 있음.

666 국가 전쟁 서로 승자라 우기지만,
연애 전쟁 서로 패자라 홍보한다.

667 살 정… 가장 구체적인 사랑 후 문신.

668 판이 꼬인다고 남친이 엎은 바둑판,
제자리 또박또박 챙겨놓는 여친의 기억력.

669 코 후빈다 휴지 주면, 코 후빌 자유 달란다.
이것이 소년 남친.

670 거리에선 이족보행,
침대에선 사족보행.
커플의 보행법.

671 1000m 주자에게 100m 달리기는 몸풀기.
상대의 야심에 주목.

672 이성 친구 가슴에 귀를 대라…
규칙박동 친구, 지랄박동 연인.

673 유도와 씨름…
잡는 부위 달라도, 목적은 하나.

674 질투는 나의 적!
피아식별 제외한 모든 사리분별 마비시킨다.

675 남자의 여유 있는 연애…
그의 발광했던 시기를 외면 마라.

연애괴물대백과

676

사투리가 심한 여친과 즐거운 데이트…

그녀와 잠자리는, 지역색 강한 시장터.

677

눈앞의 토끼를 외면한 늑대.

늑대에게 믿음이 생긴 토끼.

토끼의 목숨이 늑대에게 있음을… 놓치다.

678

쉽게 인정 마라. 지금 사랑이 진짜라면,

지난 사랑 하찮아져.

679

잘났으나 애인 없는 남…

변기 없는 럭셔리 화장실.

680

여친의 잔 짜증,

활기찬 세포분열 거쳐 남친의… 큰 분노로 성장.

681 솔로에게 힘이 되는 말…
"누구나 솔로였다!"

682 만남을 슬슬 피하는 남친…
마음은 이미 다음 역.

683 금연의 심리적 우울과 공황장애…
짝사랑과 닮았다.

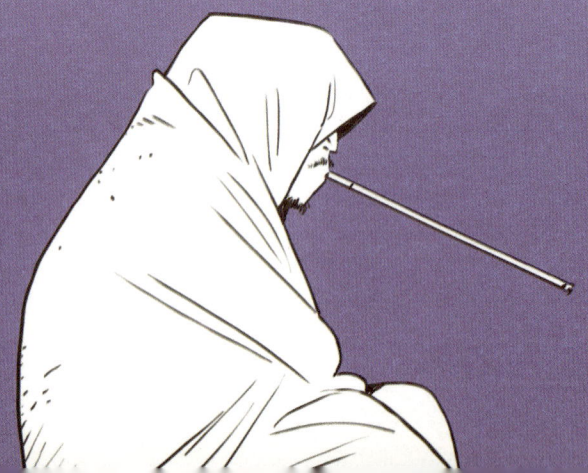

684 내 사람 멋져 보인다는 친구보다,

내 친구 후져 보인다는 남친… 의심.

685 망치는 거 알며 즐기는 연애의 맛… 흡연.

686

아픈 남친이 기대하는 여친의 말은,
"아프겠다"가 아닌… "속상해."

687

경매에 내놓은 내 과거…
가장 비싼 가격을 부른 이. 지금 상대일까.

688

커플에게 계획이 있다는 건…
그들에게 남은 미래 있다는 것.

689

매번 똑같은 데이트 장소, 먹거리, 볼거리 지겹다면…
상대를 바꿀 때.

690

같이 있는 시간 늘리고 싶은가…
늘리다 둘 사이 늘어진다.

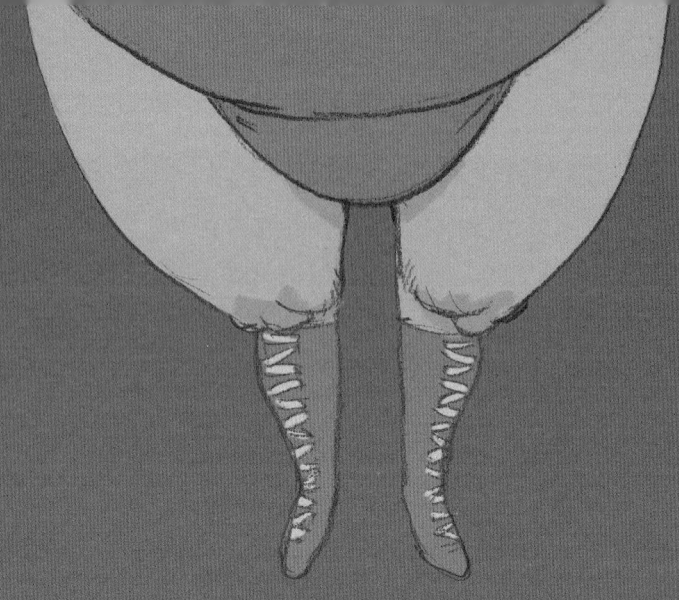

왜?

691
연애를 즐기는 자, 연애를 지키고,
연애를 지키고픈 자, 그 즐김을 놓친다.

692
비벼대고 말아대도,
하나의 반죽으로 될 수 없기에 간절한 혀부림
… 딥키스.

693
털은… 마땅히 보호받아야 할 곳에 자란다.

694
입안에 물엿 머금고 나누는… 아침 키스.

695
작은 입, 큰 입의 키스는… 대결.

696 세상, 가장 짠맛 나는 연애… 애간장.

697 키스의 시작은 눈 신호,
키스의 멈춤은 혀 신호.

698 키스중 눈을 감은 남녀의 머릿속…
한쪽은 순간을, 한쪽은 다음을.

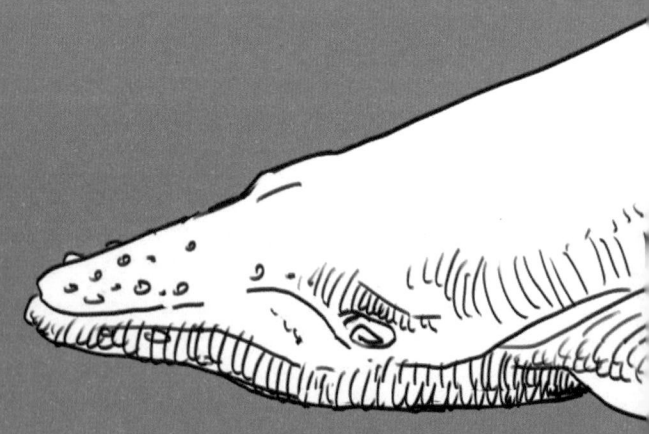

699

연애는 욕심을 낳고…
욕심은 그 연애를 버리고야 만다.

700

고래가 좋아 다음 생엔 꼭 고래가 되겠다는 여친…
고래 하나 잡지 못하는 능력 없는 고래잡이 되어
평생 그녀 뒤를 쫓겠다는 남친.

올 겨울엔.
펑펑...

PART

VIII

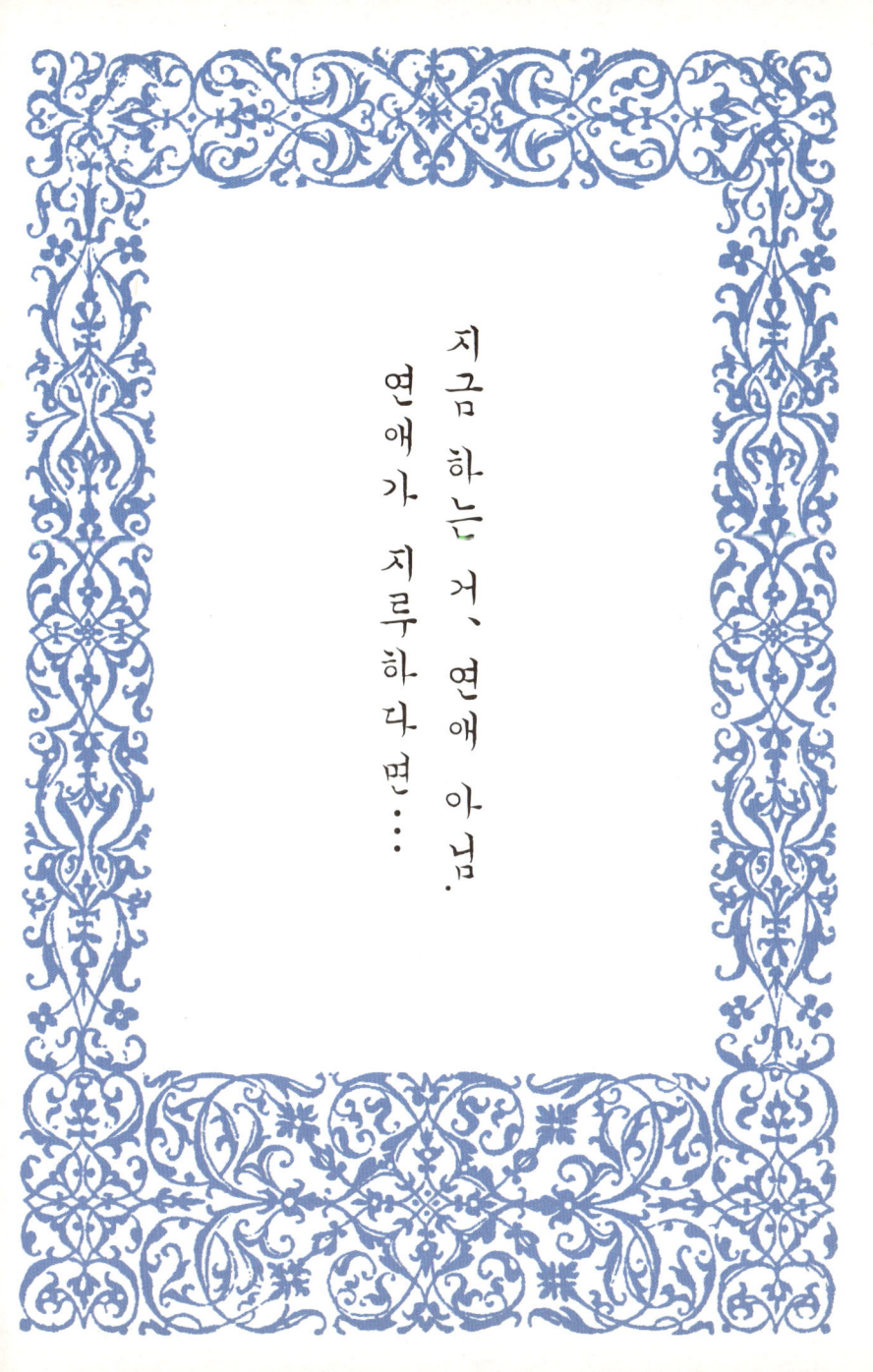

지금 하는 거, 연애 아님.

연애가 지루하다면…

701 연애는 하루의 일부지만,

그 연애는 하루를 지배한다.

702 하지 말라는 연애, 간절하고…

하지 말라는 이별, 절박하다.

703 남자… 연애 학사, 이별 석사, 섹스 박사.

704 여자… 섹스 중딩, 이별 고딩, 연애 재수.

705 연애영화, 연애만화, 연애소설이 사랑받는 이유…
구경 갈증.

706
성급한 사랑에 체했다면…
연락두절 소화제.

707
원거리 평화, 중거리 닭살, 근거리 전쟁…
연애 시력.

708
훈훈하다 지랄맞은 과정, 초급 연애.

343

709
이별 후, 다시 돌아온 남친…
이제 주인.

710
내 사랑 100을 상대가 50 사랑한다면 절망?…
아니 희망.

711

실은 좋아했단다. 전율…

실은 사랑했는데. 전율…

712

떡 중에 제일은… 이게 웬 떡.

713

일부일처를 강제하기 위해 만든

가장 온화한 어감의 단어… 바람.

714

뻔히 보이는 속에 도도한 그녀…

피가 얇은 만두 같아.

715

연애가 지루하다면…

지금 하는 거, 연애 아님.

716   연애 금단현상…

          있다가 없게 된 이에게만 허락되는 통증.

717   손만 잡아도 두근댄다는 너…

          손만 잡힌다.

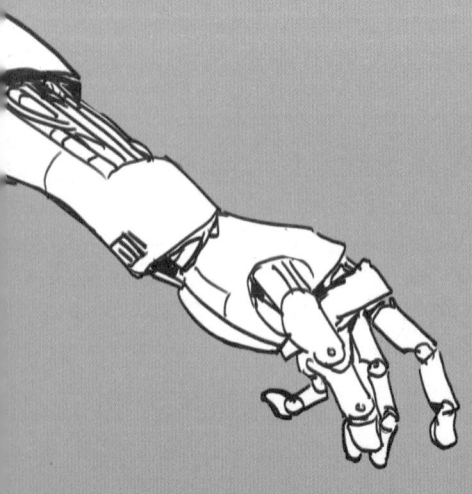

718 마음은 정리하기 힘들다…
정리는 섹스부터.

719 현명한 바람 없고, 건강한 섹스 없다.

720 구차한 자신을 발견하는 침묵의 밤…
이별 전야.

721
남친으로 위장한 큰아들.
여친으로 위장한 큰누나.

722
키스는 입맛, 애무는 손맛,
섹스는 살맛, 회상은 병맛.

348

723
불같은 연정에 '책임' 한 스푼을 넣으면…
슬러시가 된다.

724
따끈한 이별 후, 신생 솔로…
딱! 일주일 편해.

725
찢기고 버림받아도 다시 찾고 마는 이성…
이유는 관성.

726 느낌 좋아 만난 연인,

느낌 지나 이별한다.

727 조건 좋아 만난 연인,

조건 변해 등 돌린다.

728 보자마자 섹스보다,

하자마자 빠진 사랑이… 비극.

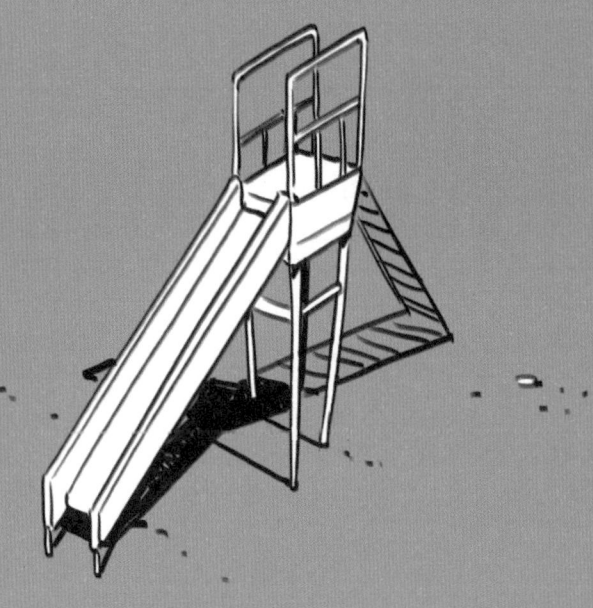

남친의 놀이터가 된 여친의 몸,
위험해… 이놈 저놈 놀기 좋다.

질투 없는 사랑 없다.
이별 이유 질투 많다… 딜레마.

731 아저씨 언어의 정수…

'하체의 정실부인.'

732 연애의 시간…

꽃보다 아름답던 여친을,

밥보다 귀한 여친으로 만든다.

733

아플 때 생각나는 애인 1호기.

나을 때 찾아가는 애인 2호기.

734

짜장 가락마다 입 닦던 여친,

짬뽕그릇 바닥 훑는 여군되다.

735

애인이, 여신에서 인간으로 강등되면…

향기도 냄새로 바뀐다.

연애의 기억은,

처음과 끝을 챙기고 과정을 날린다.

호감이 지속되면 사랑으로 바뀔 거라는 착각…

깊은 호감일 뿐.

738
즉흥 감정 고른 상대,
심사숙고 이별한다.

739
타는 냄새 고약한 이별 예감…
사랑 연소.

740
야생늑대, 애견으로 조련했다 우쭐 마라…
물 땐 문다.

741 서프라이즈 고백, 어메이징 연애, 언빌리버블 이별.
혀 굴린 연애.

742 남친에게 어려운, 3000피스 퍼즐…
여친의 삐침.

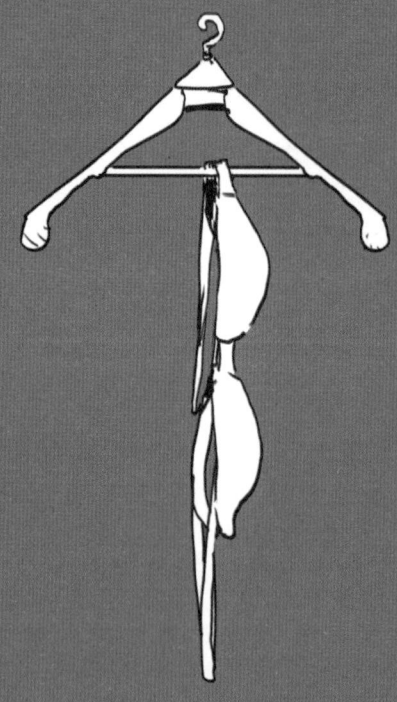

743 평면 여친이 옷을 뽐낼 때,
볼륨 여친은 몸을 뽐내…

744 양치를 유난히 열심히 하는 이 남자…
키스를 각오한 것.

745 배불리 먹기 전엔 그냥 허기인 줄…
사랑일 줄.

746 웃음은 비통을 가리고,
농담은 진심을 숨긴다.

747 투박, 소박한 진정성,
연애는 데모 버전이 좋다.

358

748 몸을 흥분시킨 사람은 몸의 주인.
맘을 흥분시킨 사람은 맘의 표적.

749 선을 그은 여인에게
선을 넘을 연정은 없다.

750 좋아해주기를 기다리는 청승,
청승맞아 외면한다.

기스 없이 초보 떼는 운전자,

없다.

치명적 유혹은 네 생각.

허술한 방어는 내 생각.

둘만 있어도 부끄러워하는 당신,

혼자 있어도 발그레한다.

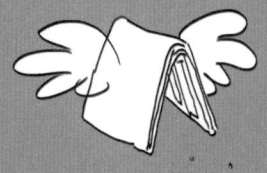

754
연애는,

심장을 뛰게 하고 지갑도 뛰게 한다.

755
갈증 없는 수작 없고,

수작 없는 연애 없다.

꿀만 먹고 떠난다고…
꽃은, 벌을 원망하지 않는다.

유혹이란…
상대의 의도가 아닌, 본인의 수용 태도.

362

....

....

....

....

....

....

758
상대의 이성 만남에 무관심하다…

• • • • •

암묵적 결별.

363

759
힘든 이별 끝내고 맞는 쉬운 연애…

싱겁다.

760
연애가 곧, 로맨틱 아님.

연애중 로맨틱이 간간이 보일 뿐.

761 여인이 여친 되면 지루해지는 남자…
관심은 정복.

762 전 여자를 잊지 못한 남자에게 새 여친은,
공기인형.

763 꿈은, 꾸는 자가 주인…
결국, 해몽하는 자에게 지배당해.

764 연애를 피하며 연애가 하고 싶다면,
연애 발달장애.

765 지난 연애를 워밍업이라 생각하라.
그래야 견딘다.

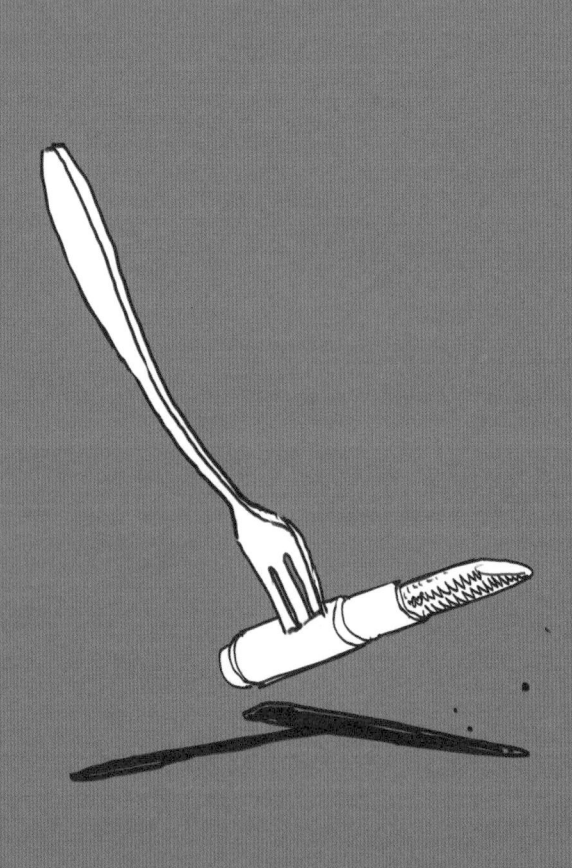

766   희, 노, 애, 락, 중… 최고는,

색.

767   월요일 같은 여친 몸을
토요일로 바꾸는 남친의 발정.

768   여친은 바르고, 남친은 먹는다…
화장품.

769   귀하게 대해주길 원하는 여,
놀아주길 원하는 남…
성기의 차별.

770   남친의 철없는 발기,
여친의 때맞춘 생리.

771
여친은 남친의 성기에 눈이 있다 믿는다…
길눈 좋은.

772
귀찮다가… 반갑다가… 그리운,
남친의 발기.

773
풀이 죽은 성기에게, 위로는 독약.

774
여친은 남친 발기에 놀라고,
남친은 여친 입꼬리에 죽는다.

775
섹스에는 털이 많지만, 양심은 없다.

776

사랑을 발견한 사람만이,
애인을 발명할 수 있다.

777

비로소 뻔하지 않은 상대를 골랐다면,
네가 뻔하지 않게 된 것.

778

연애 입문자는
연애 유단자의 도복에 맘을 뺏긴다.

779 사랑을 막는 최대의 적은, 맨정신.

780 연애가 종교라면… 물질을 원하는 순간,
사이비 맞다.

781 남자의 판타지는 종종…
현실 여자에 의해 무참히 짓밟힌다.

782 솔로는 질투하고 커플은 감상하는,
타인의 연애.

783 반가운 애인의 전화…
바꿔 말하면, 멀어진 애인.

784 애인의 마음을 바꾸는 것보다,
애인을 바꾸는 것이 쉽다.

785 마침표이길 기대했던 남자,
쉼표만 남발…

786
머리로만 연애하는 사람,

현실을 무서워해.

787
이상하리만치 이가 맞는 바람둥이의…

연애논리.

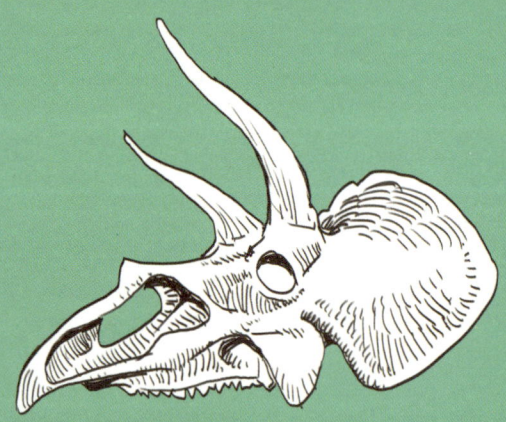

788 한때, 공룡이 지배했던 지구다.
그놈쯤이야…

789 되새김질하는 이별 상처,
이별을 반복하는 행위.

790 연애마다 천상의 짝이라 강변하는 아이…
매 이별이 천상의 이별.

791 내 상처만 크게 느끼고 생생히 보인다면,
상대가 힘들었을 연애.

792 벌렁대는 심장… 파블로프의 심장은,
머리보다 순수한 반응.

793 팔자에도 없는 짝사랑도 오래 하면…
팔자가 된다.

....

....

....

....

··

··

··

··

·················:··

··,,,

794

모든 운동은 지새···
키스도 지새,

795

이별을 아파하라.
네 사랑 진짜였음을.

796

연애의 묘미는 밀고 당기기.
이별의 묘미는 본전 챙기기.

797

새로운 연인이 헤어진 연인보다 좋은 한 가지···
낯선 살맛.

798

뜸한 전화가 곧,
뜸한 생각은 아니라고 설명하는···
변명.

799

머리는 휴식을,
심장은 결코 기억을 쉬는 법이 없다.

800

철없는 수컷,
"이러지 마세요"를 "이러지만 마세요"로 듣는다.

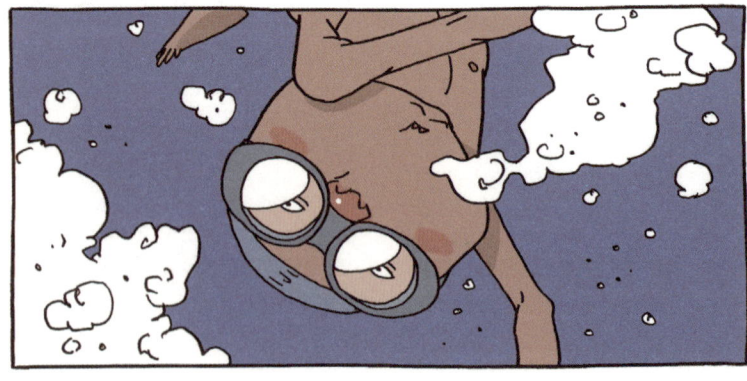

히죽!

푸하아아

씨익!

누나 빤스…
맞아요?

맞아!
내 팬티…

다이빙할 때…
벗어졌던 건데.

수고비 줄까?

그딴 거
필요없구요…

휙~

P
A
R
T

IX

참을 만한 구속일 뿐,
아름다운 구속은 없다.

801
두꺼운 입술 대박 키스 보장 않듯,
넓은 가슴 깊은 아량 담진 않아.

802
깔끔하고 단호하며 뒤끝 없는 이별을 꿈꾸는가?⋯
그거 꿈.

803
연애를 통해 여자가 경험하는 소소한 한 가지,
내 옷을 남자가 벗길 수도 있다.

804
남친에게 조금씩 스킨십을 허락하는 여친⋯
조금씩 조련중.

805
전 연인 찾아 온라인 떠도는 유령⋯
새 연인 생겨야 환생.

806

매력은… 인정받는 것이 아닌,
침투하는 것.

807

서로를 많이 아는 것의 부작용…
간단치 않은 이별.

808

한 번의 부대낌에 귀신같이 증발하는…
몸의 호기심.

809

느낌 대신, 이론으로 공부하는 연애…
오답 많음.

810

물고 있는 이, 밀어내는 혀…
입안의 신경전.

제일 좋아하는 이 대신…
조금 좋아하는 이와 연인되면,
마음은 제일이 차지.

소울메이트는 교감을…
바디메이트는 교미를.

813

이쁜 여인 의외로 짝 없다는 통설,

믿지 마라… 철저히 고른다.

814

기대 없던 사랑… 연애는 어부지리,

이별은 어리둥절.

815

사랑 남긴 이별은…

남은 사랑이 두고두고 비웃는 이별.

816

음흉은 적을,
음탕은 절친을 만든다.

817

사랑하며, 사랑한다 말 못 하는 너…
입은 장식.

818

뷔페 같은 연애 손이 바쁘고,
정식 같은 연애 몸이 무겁다.

819

미지근한 연애, 변화 없는 섹스의 연인…
이미 가족.

820

미녀의 남친 없다는 말에,
걱정하며 탄식하는 남자… 웃김.

821
남친에게 좋아한단 말도 아끼던 그녀…
신상에 사랑 남발.

822
보고 싶어도 볼 수 없는 상대는,
보고 싶으면 볼 수 있는 상대를…
보지 않게 만든다.

823
여의 눈물…
자신에겐 해소, 상대에겐 해법.

824
남자의 하체분석은,
남자 동물의 비밀을 푸는 열쇠.

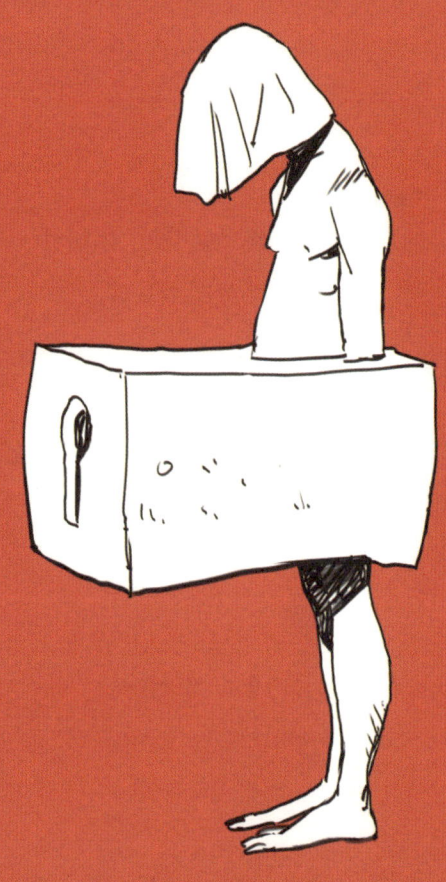

키스를 해봐야

연인이 될 수 있는지 알 수 있다는 너…

키스가 시작인 걸 모르는 나.

826 밸런타인 초콜릿은, 입 대신⋯
눈치와 우쭐로 먹는다.

827 대화 통해 짝이 되고⋯ 대화 불통 쩍 갈라지는,
연애의 모순.

828 그 무거움을 모를수록,
혀에서 뒹구는⋯ 사랑.

829

손만 잡고 잔다던 남친 여친의…
밤을 잊은 샅바싸움.

830

쿨한 이별 자랑하는 남, 웜한 이별 숨기는 여…
엿볼 틈 없다.

831
손을 잡으면 마음을 잡는 것,
어깨를 감싸면 마음을 당기는 것.

832
불행히도… 이별을 가르치는 교육은 없다.

833
그냥 걸었다는 여자의 전화…
싱겁지만 무거운 고백.

398

834
느린 조언…
이별 후에야 그가 안 되는 상대임을 말했던
수많은 조언이 귀에 도착.

835
고백은 얼굴을 달구고,
이별은 머리를 덥히고,
시간은 심장을 식힌다.

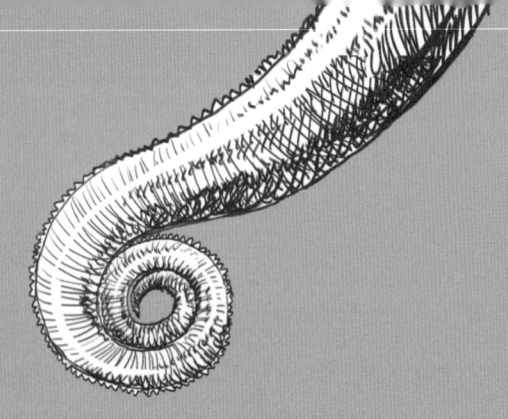

836
공기와 비교하는 사랑…
그래서 실감 안 나.

837
뽀뽀와 키스의 구분은,
입의 열림 차이.

838
이는 물려 하고 혀는 밀려 한다…
초보 키스.

401

839
사랑 변덕… 상대가 몹쓸 바닥을 보이기 전,
자연처방.

840
엄지만으로 켜지는 라이터 불 아님.
온몸 다 바쳐 용쓰는… 연정.

841
세상, 이렇게 이쁜 여자 없단다…
세상 모르는 놈.

842
소개팅이 떨리는 사람의 마음…
일종의 면접.

843
번역기 돌려야 느끼는 사랑, 전엔…
눈빛으로 통했던 사랑이다.

844
철학적 사고는 연애를 꼬이게…
동물적 사고는 연애를 편안케 해.

845
세균은 처음 발견한 사람이 작명,
전 남친에게 붙이는 학명…개XX.

846 연애를 즐기지 않고 수행하는 사람⋯
　　　미션 아님.

847 잠 못 이루는 사람, 잠 잘 오는 사람을⋯
　　　사랑하다.

848 내 옆에 잠든 여자,
　　　옷은 어제 술자리 그대로⋯ 얼굴은 달라.

849 섹스⋯ 여친에게 생각 못 한 보너스.
　　　남친에게 한결같은 기본급.

내게 관심 없는 남자의 여자에게

느낄 질투는… 없다.

851
미련이란,
이별 흰자를 먹어야 등장하는 노른자.

852
마주친 눈, 피하지 않는 당신…
가장 힘든 산을 넘었어.

853

쓴 약은… 몸을 낫게 하지만,

쓴 놈은… 몸을 헤집어놔.

854

얼굴이 빛나는 거라 우긴다…

남친 얼굴에 묻은 펄.

855

차인 후, 좋은 경험이었다며 웃는 너…

때 묻은 몸에 뿌린 향수.

856   사랑 잠복기를 거치는 중이다…
             솔로여.

857   연인에게 전화는, 두 번의 긴 통화를 허락해…
             꼬실 때, 꼬장 때.

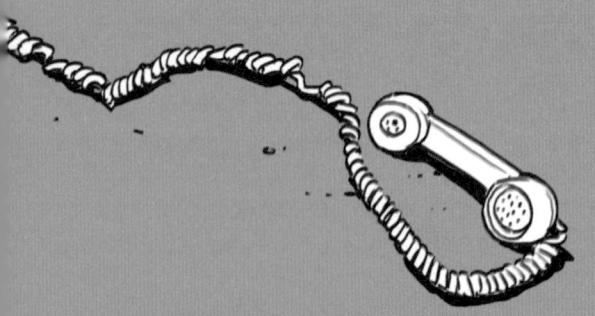

858 줏대 없는 욕망이 앞장서면,
지조 있던 사랑도 뒤를 쫓아.

859 목소리만으로 그려지던 너…
코앞에 있어도 네가 안 보여.

860 지금 뭐하고 있는지 궁금한 커플,
지금 뭐하고 있는지 궁색한 솔로.

861
여자는 내가 처음이라는 남…
사정, 조절한다.

862
"너와 이별할 줄 알았다면…"으로 시작된,
모든 위선.

863
술이라는 진한 화장…
위장된 진심에 속지 마.

864
거절의 요령만큼 진화하는…
집요한 청승.

865
뜨거울 때 보이는 상대,
식고 나면 보이는 풍경.

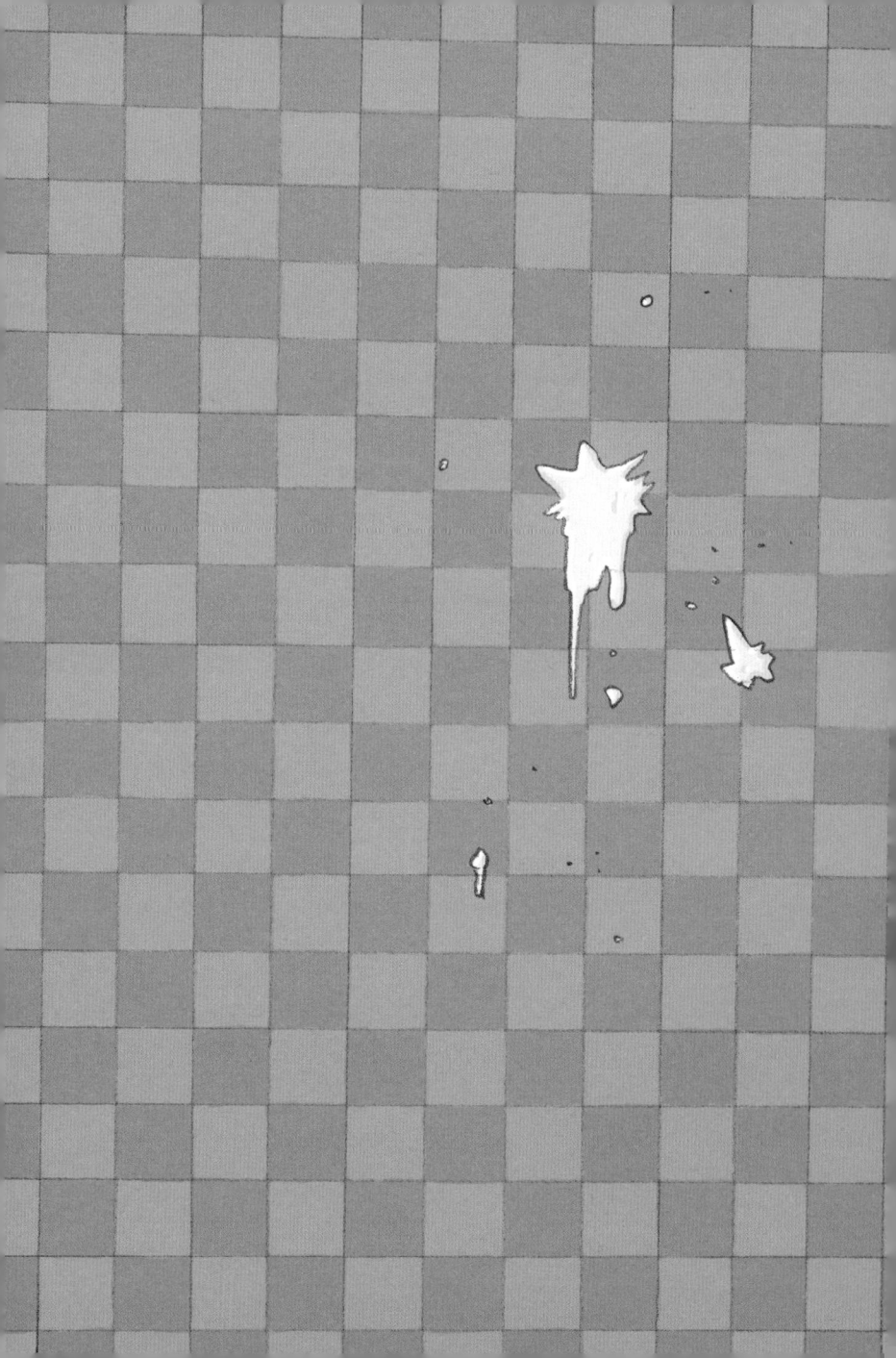

866
키스중엔…
입술을 볼 수 없다.

867
"너만 있음 돼!"를 회상하라…
"너만 없음 돼!"를 듣는 순간.

868
눈물이 짠물되고, 측은이 짜증 되는 이유…
잦은 횟수.

869 나의, 너에게 빠진 사랑 이유가…
너에게도 이유이길.

870 중요치 않던 '누가 먼저 사랑했느냐'…
이별엔, 몹시 중요.

413

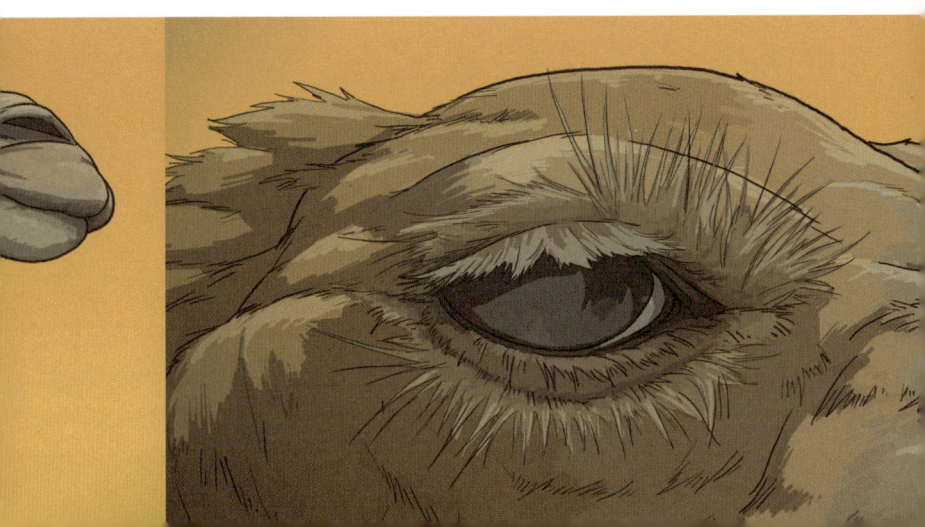

871   사랑의 장소 따로 없고,
이별의 장소 따로 정해.

872   화려한 폭죽이 어둠을 수놓지만,
기나긴 밤의 어둠을 바꾸진 못해.

873   남친이 빙판처럼 믿으라던 전 남친 고백…
딛고 보니 살얼음.

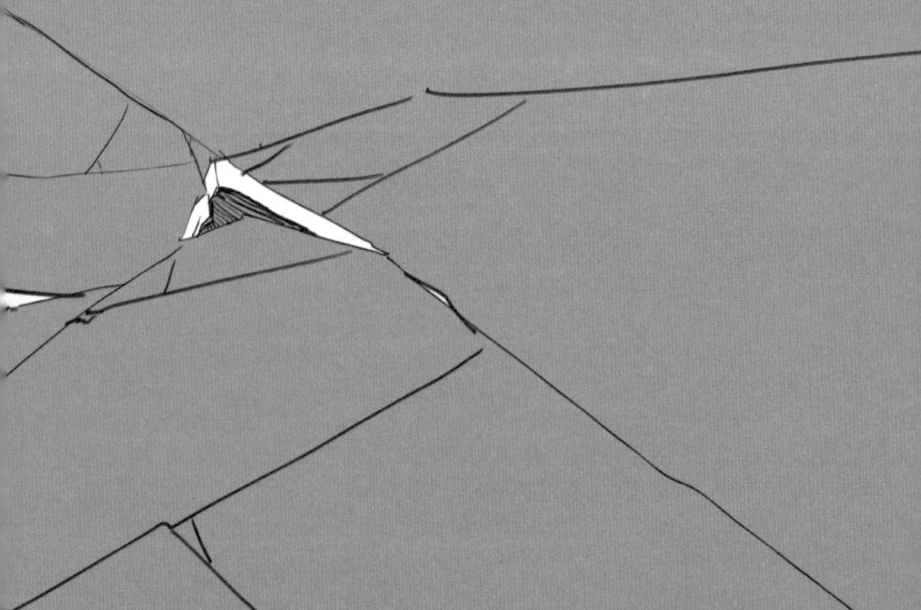

874 이쁜 사랑 보는 여 시샘하고,
이쁜 여자 보는 남 심통 난다.

875 여기, 다시 기회를 달라는 남친이다.
이제, 떠날 기회를 놓친 여친이다.

876 얼레리꼴레리…

연애를 묘사한, 가장 그루브groove한 표현.

877 수준 안 맞아 말도 안 섞던 남자…

눈 맞음 몸 섞어.

878 연애를 허락하는 것이 곧,

섹스를 보장받는 것이라는… 수컷의 착각.

879　　‘한눈판다’…를 이해해.
　　　양 눈은 티 나니 어쩔.

880　　달콤한 연애,
　　　혀로 굴릴수록 빨리 녹아.

881 묵직하게 끌어올려 터뜨리는 "사랑해"…
미안, 무거워 질색.

882 단둘이 즐기고 여럿에 떠들던 연애…
여럿이 즐기고 단둘은 침묵해.

883 포기를 모른다며 앵기던 놈 연락두절…
결국, 하루짜리 근성.

884 사랑하면 세상이 달리 보인다.
알려줄게… 원래 있던 세상이다.

885 솔로는 가능성이 재산.
누구든 내 짝이 될 수 있다는 희망고문.

886

외모 등급 안다는 너…
마음 등급 관심 없다.

887

화장은,
위장도 변장도 아닌… 변검.

888

여친의 해묵은 과거 상처…
남친의 피 솟는 현재 상처 됨.

889

연애의 매출을 자랑 마라…
결국, 순이익이 사랑.

890

걱정 마…
선수는, 연애만큼 이별도 즐겨.

891
유통기한이 넘었음을 인지하며 즐기는 통조림…
불륜.

892
우정과 사랑, 둘 중 하나 선택하라는 친구…
사랑은 해봤나? 친구.

893
남자는,
섹스 판타지라 쓰고 연애 판타지라 읽는다.

894
여자 맘이 바뀌면 화장부터,
남자 맘이 바뀌면 표정부터 바뀌.

895
아름다운 구속은 없다.
참을 만한 구속일 뿐.

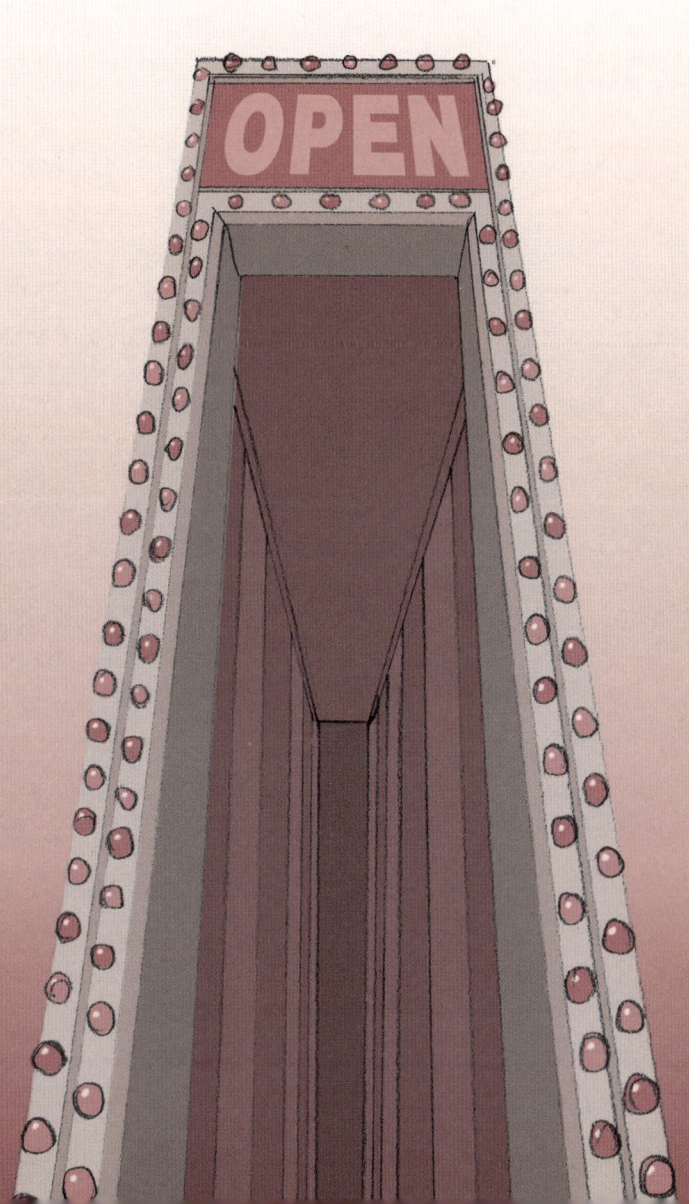

사랑은… 빠지는 것이 아닌,

피어나는 것.

897　글로 배운 귓바람 애무…
　　　커지는 풍선.

898　화장… 초짜 배우도
　　　연애 무대공포증을 없애주는 분장.

899　스킨십, 거리감을 없애주고
　　　호감도를 높이는 데 효과 있다고…만 믿지 마.

900　내 앞의 순수 소녀…
　　　누구의 못된 누나, 누구의 내놓은 딸일 수도.

하야~

이거… 이거 정말이지!
여관비가 이렇게
쌀 줄은 몰랐어!

여인숙이야.

PART X

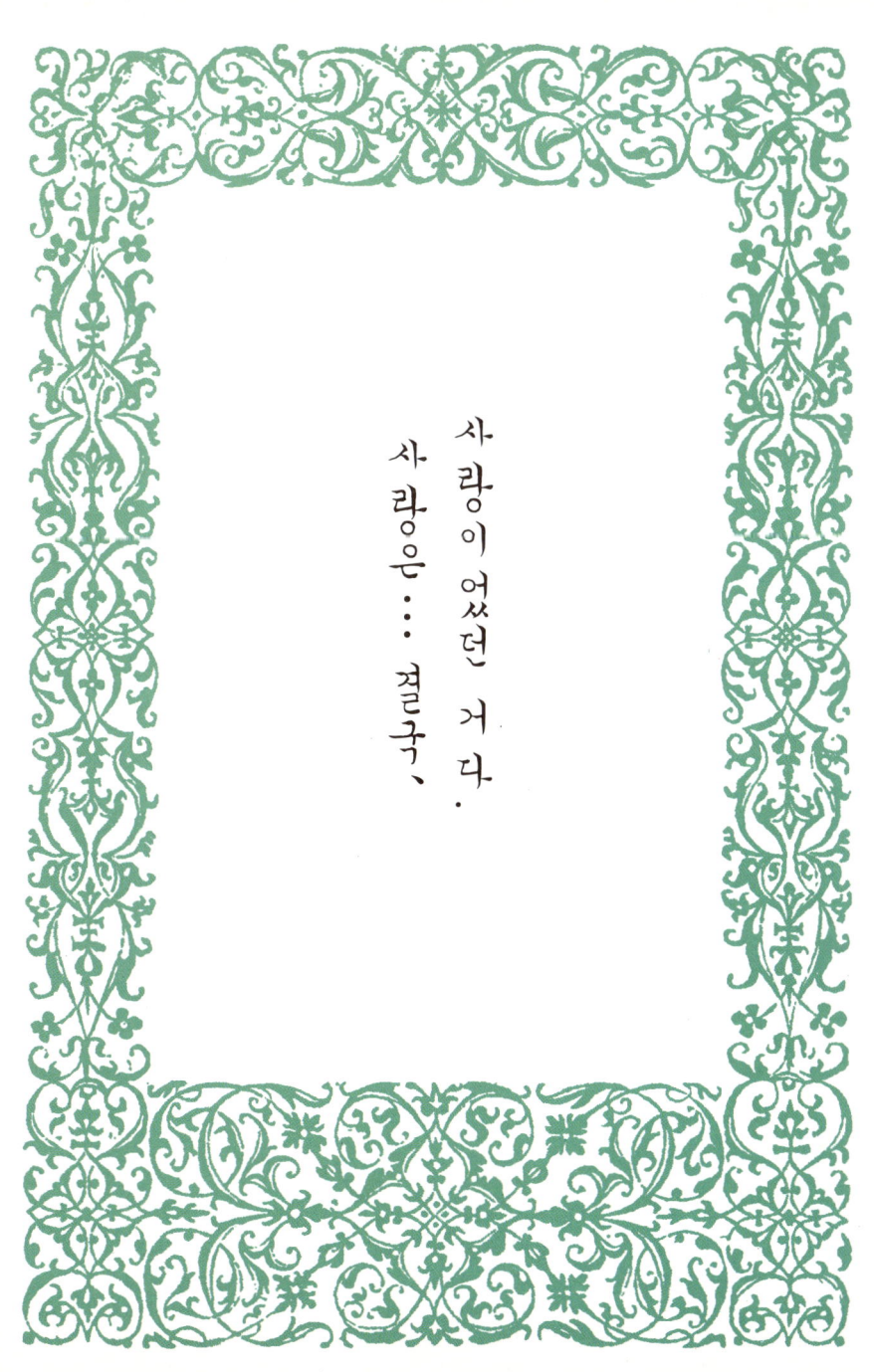

사랑이었던 거다.

사랑은··· 결국、

901 신비롭게 보이고 싶다면 말줄임…

상대도 같은 전략이면… 낭패.

902 첫 데이트가 열 데이트 보장.

열 데이트 에너지를 한 방에 쏟아붓는 이유.

903 사랑 주고픈 남자 사랑받고,

사랑받고픈 여자 사랑 푸는… 연애의 반전.

904 부모 협박, 선배 충고, 친구 외면, 커플 조롱…

솔로의 사중고.

첫 데이트, 여친은 탱고를 원했다…
남친은 들썩들썩 러시아 댄스.

이 여자. 침이 많다···

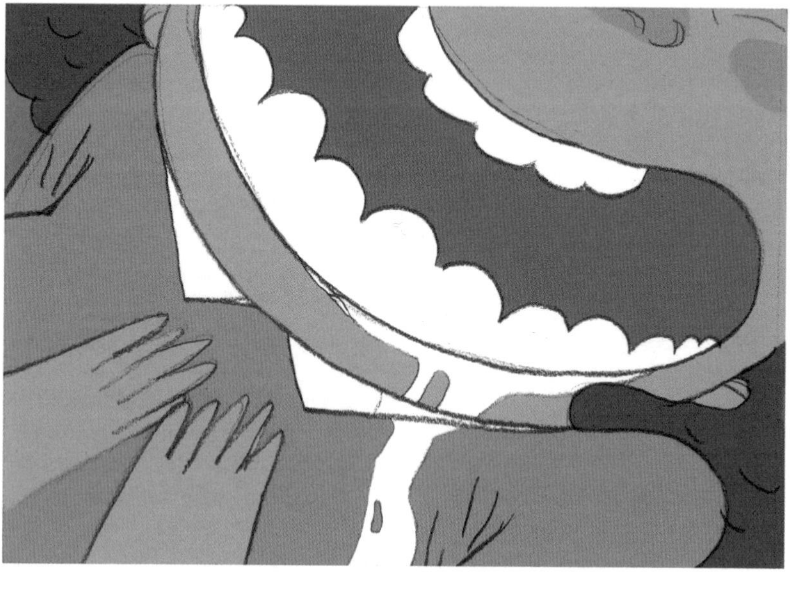

906   연애 세포 죽이는 귀찮아 바이러스…
소개 백신 무용지물.

907   웃다가 샌 방귀보다,
키스중 나온 트림이… 최악.

908   과거, 연애할 만큼 했다는 너의 말…
나를 디저트로 만들어.

909   힐이 높을수록…
지상의 남자와 멀어져.

910   귀여운 투정은 너의 해명.
반복된 짜증은 나의 해석.

911

사랑은, 필요에 따라 항원과 항체…
두 가지 모습을 가진다.

912

연애 세포 소멸하면 편해지는 솔로 생활…
죽은 평화.

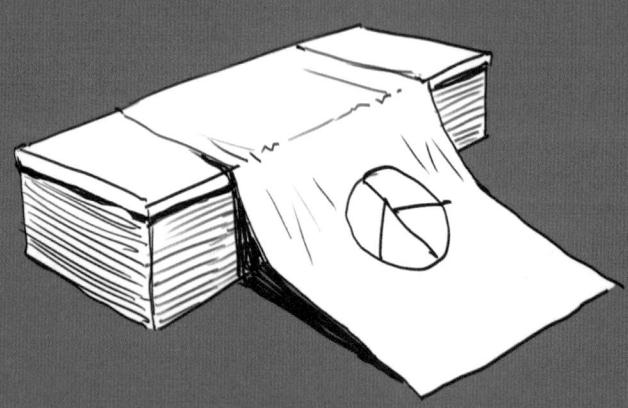

913 다독이던 쌍방 친구…
     갈라서자 편파판정.

914 고개 숙인 너… 애처롭고,
     무릎 꿇은 나… 개쪽팔려.

915 나만 생각한다던 순 뻥,
     나만 사랑했다던 개뻥.

916　감정을 고백하고 설득하려들지 마라,
　　고백까지가 최선.

917　인류의 생명이 길어졌다는 것,
　　커플에겐 축복이자 솔로에게 고문.

918　사과의 때를 놓치면 사죄의 눈물을,
　　사죄의 때를 놓치면 통한의 기억을.

919　예측 못 할 행동의 남친 매력 있다는 너…
　　예측 없는 이별 각오해.

438

섹스는 국지전일 뿐,

연애라는 전면전을 대비하라.

921
육지가 필요하면⋯ 섬이 움직인다.

922
연애를 첨 시작하는 이에게⋯
평생 연애 버릇, 지금 만든다.

923
대리를 짝사랑하는 여, 과장을 짝사랑하는 여⋯
불륜도 계급.

440

924
솔로는 어딘가 상대를 꿈꾸고,
결국 상대가 없어 백수다.

연애 막판,

연애 막장을

허락하는 건

~~아니다.~~

926

달다. 맵다. 짜다. 쓰다.
사랑은.

927

후회 없이 연애하라는 말,
후회가 얼씬 못 하도록 연애하라는 말.

928

이별 후 즐겨찾기는, 청승 찾기.

929   남자 솔로 방에 흐르는 퀘퀘한 총각 냄새…
그것은, 산 채로 매몰된 미완의 생명…

930   어미, 아비도 몰라본다는 낮술…
섹시한 여자는 알아봐.

931
친구끼린 떠들고 애인끼린 즐기는, 섹스.

932
맥주를 마신 후 남겨진 엔젤링…
연애과정은 엔젤링을 남기는 것.

933
고백에 대한 대답이 느릴수록 상대만 늙어.

934
후회 없는 지금의 연애는,
미래의 연인을 편안케 해.

935

머리로 이해하고

맘으로 흔들리고

몸으로 저지르는…

연애.

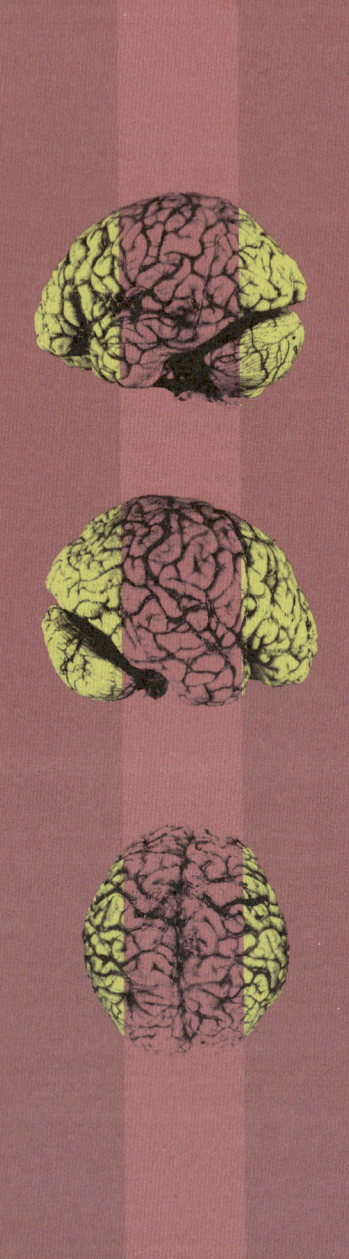

936
연애의 목적을 위해,
수단과 목적은 가려야 한다.

937
결혼적령기를 믿는 사람은,
연애적령기도 믿어.

938
내 반쪽 찾지 마라…
그는 반쪽으로 나타나지 않아.

939
천년만년 꿈꾸는 사랑…
어제도 싸웠다.

940
여친의 무한신뢰가
남친의 무한정직을 낳진 않아.

941
다리 떨면 복 나가…

마음 떨면 봉 놓쳐…

942
인간이 남녀로 나뉜 이유…

자보면 안다.

943
권리라 착각, 의무를 꿈꾸지만 남는 건 책임.

944
여자들이 말하는,

한 여자에게 묶이긴 아깝다는 남자…

갖기 싫은 거다.

945
버릇 고치겠단 말 믿고 재결합 (X)

버릇 고치고 재결합 (O)

946
먼저 사랑하지만,

먼저 사랑하지 않는다.

947
화장과 미소는
그녀의 당의정糖衣錠.

948
꼬리를 접어라.
길어도 잡히지 않는다.

949
먼저 사랑하면 피 본다는 말…
누구의 피일지는 미궁.

950
조, 경 단위의 돈보다
내 지갑의 만 원권이 현실의 행복이듯…
작아도 만져라.

951
남자는 속 썩일 상대를
기어코 찾아내 애인이라 부른다.

952
못나게 울어도 좋다.
짝사랑은 못난 울음 허락하니…

953
사랑받지 못하는 고통보다,
사랑을 건네지 못하는 통증이… 비극.

954
사랑을 느낀 것만으로 족하다.
짝이 되지 못해도 족해… 사랑이 왔으니.

상대는 벽이다.

그리고, 초라한 날 비추는 거울이다.

쓸모없는 숫자가 기록된
여관에 들어서면…

956 허락받지 못한 사랑은…

생명이 길다.

957 거울을 열심히 닦아도…

내 모습은 달라지지 않는다.

958 미지근한 남. 닦달 마라.

네가 미지근한 상대로 보인 거다.

959 매달리지 마라. 가장 무거운 혹이다.

960 내가 사랑하는 사람이

나를 사랑하게 만드는 유일한 힘…

기다림.

961   둘만 아는 사연 많다 좋아 마라…
이별 호소 할 곳 없다.

962   차분히, 내가 걸을 수 있는 폭의
앞만 보는 것이 옳을 때가 있다.

963   상대의 맘을 움직이지 못하는 대화는,
소통이라는 가면을 쓴 독백.

964   사랑 때문이다…
우리가 망가지는 이유.

965   짝사랑에 질투까지 더하면… 죽는다.

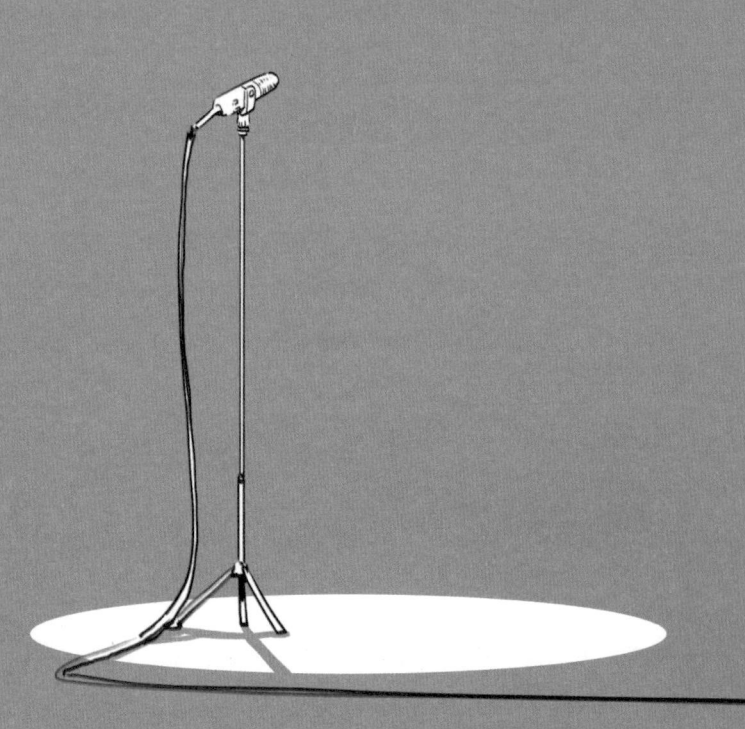

966
깊게 아플수록 이상형.

967
외로워 과식은, 내상 + 외상.

968
동정을 동정 말고, 사정을 사정 마.

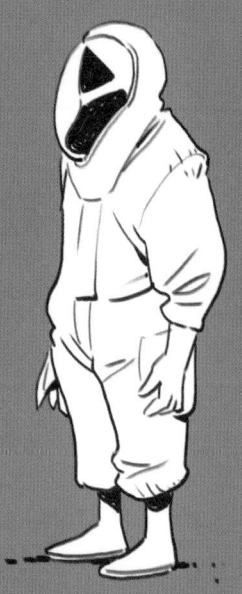

시련이 잦으면…
멸균처리된 사랑을 찾는다.

마음 급해 미친 척 들이대면…
된다! 미친놈.

971

황당한 이별은,
근사한 만남을 위한 원천징수.

972

고백이 근사해도
연애는 진상일 수 있음을 명심.

973

위험한 사랑은 없다.
위험한 배경일 뿐.

974

야식 같은 너…
고민하고 망설이다 먹고 마는.

975

"여자들은 다 그래"라는 남자,
여자들을 다 몰라.

바지를 가슴까지 올려 입는 건 좋다…

이것만 조심하자.

976
뒤늦게 인정한 사랑은,
뒤돌아 비웃는다.

977
뻣뻣한 삶은,
연애로 삶아야 유연해져.

978
외상 없이 사람을 죽이는 방법.
그저… 사랑하게 냅둬라.

979
자신을 포기 말라는
상대의 간청을 수락하려면, 나를 포기해야 한다.

연애는 숙제가 아니다…
미루지 마라.

981
정들었다 머뭇 마라…
정은, 시간이 만든 족쇄.

982
사랑이 끝난 후 괴로운 건, 그게…
사랑이 아니었을 거란 자각.

983
사랑하는 순간,
상대의 슬픔도 고통도 내 것이 되는…
어이없음.

984
그대, 왜 반대로 사는가…
연애 필수, 결혼 선택.

사랑은… 결국, 사랑이었던 거다.

986
세상 모든 전 남친은 귀찮아.
세상 모든 전 여친은 애틋해.

987
남친은 때때로 여친을 챙기고
언제나 다른 미녀를 챙긴다.

988
섹스도 깊게 하면 사랑이 된다.

989
모텔의 대실 사용시간.
연인의 긴장 넘치는 섹스를 위한 배려.

여인은 때때로 이기적이고
언제나 이기적이다.

991
남자들의 무조건반사를
조건반사로 오인하는 데서
연애의 비극은 시작.

992
수컷이 아저씨라 불리는 순간 끝.

993
쉬운 연애는 없다.
쉬운 상대만 있을 뿐.

994
이별을 예상하고 시작하는 연애는 없지만
이별이 예고된 만남은 있다.

사랑이
넘 깊으면

섹스도
힘들다.

....

....

....

....

....

....

996   남자는 섹스를 연애라 부르고
여자는 섹스도 연애라 말한다.

997   연애는 남녀의 MOU.

998   사랑 뜸 들인다고 밥 되는 거 아님.

999   키스 전 확실한 가글은
같은 음식을 먹는 것.

1000
||||||||||

소금 쏟은
계란 프라이 같은 이별,

순
간
이
다
.

연애괴물대백과

© 강도하 2012

| 초판 인쇄 | 2012년 9월 28일 |
| 초판 발행 | 2012년 10월 17일 |

글·그림 강도하
펴낸이 강병선

기획·책임편집 강명효 │ 편집 정홍재 │ 디자인 최진규
마케팅 우영희 나해진 │ 온라인 마케팅 김희숙 김상만 이원주
제작 안정숙 서동관 김애진 │ 제작처 영신사(인쇄) 신안제책사(제본)

펴낸곳 (주)문학동네
출판등록 1993년 10월 22일 제406-2003-000045호
임프린트 아우름
주소 413-756 경기도 파주시 문발동 파주출판도시 513-8
전자우편 editor@munhak.com │ 대표전화 031)955-8888 │ 팩스 031)955-8855
문의전화 031)955-2660(마케팅) 031)955-2680(편집)
문학동네카페 http://cafe.naver.com/mhdn │ 트위터 http://twitter.com/munhakdongne

ISBN 978-89-546-1934-9 03810
* 아우름은 출판그룹 문학동네의 실용서 부문 브랜드입니다.
* 이 책의 판권은 지은이와 문학동네에 있습니다.
  이 책 내용의 전부 또는 일부를 재사용하려면 반드시 양쪽의 서면 동의를 받아야 합니다.
* 이 도서의 국립중앙도서관 출판시도서목록(CIP)은 e-CIP 홈페이지(http://www.nl.go.kr/ecip)와
  국가자료공동목록시스템(http://www.nl.go.kr/kolisnet)에서 이용하실 수 있습니다.
  (CIP제어번호: CIP2012004403)

www.munhak.com

연애는, 괴물들이 하는 것이다. ▪ 가질 수 없으니까 연애. 가진다면 필요 없지. ▪ 좋아하는 사람을 빼앗겨본 적 있는가... 시간을 얻은 것이다. ▪ 내 사람보다 옆 사람이 끌리는가? 생지옥 시작. ▪ 내 실수는 좋아한단 말에 사랑해버린 거다. ▪ 눈을 떠 옆에 잠든 너를 본다. 왜... 너냐. ▪ 초보를 대할 때 피곤하다면... 당신은 선수. ▪ 연애는, 타고나길 개념이 없다. ▪ 대한민국의 모든 연애권력은, 커플로부터 나온다. ▪ 솔로는 탈출 못 한다... 구원받을 뿐. ▪ 신은 솔로들에게, 낮은 한숨과... 술을 주신다. ▪ 솔로가 짝사랑까지 한다면... 답 없다. ▪ 시간을 소중히 보내지 않은 연인들에게 이별은, 처방이다. ▪ 세상... 견디기 힘든 건, 미움보다 싫증. ▪ 근사한 이별은 서로 찾지 않는 것. ▪ 사랑은, 사랑을 속이고 사랑을 죽이고, 끝내... 사